KB044652

생각하는 연필

시인의
사물
감성사전

권 혁 웅

ㄴㄴ〉〈ㄷㄴ

이 책은 '사물들'을 호명한 글이며, 사물들에 관한 특별한 종류의 사전이다. 각 장의 표제로 올라 있는 한 사물이 다른 사물, 사람, 세상과 어떻게 연계되었는지를 밝히고자 했다. 한 사물과 다른 존재자들과의 연대를 밝힌다는 점에서 이 글은 유비의 지평을 품고 있으며, 이 지평선 너머에서 아마도 시가 태어날 것이다. 그러니까 이 글은 어떻게 보면 시작메모이고 어떻게 보면 산문시이며 다시 보면 그냥 에세이다. 오랫동안 새로운 방식의 글쓰기에 대한 매혹이 있었다. 그런 매혹이 이 책을 쓰게 한 동기라고 하는 것이 옳겠다. 2008년에 '몸'을 주제로 한 감성사전을 썼고, 2013년에는 '동물'을 주제로 한 감성사전을 냈다. 나는 혼자서 백과전서파가 되고 싶은 것일까? 이런 시대착오적 기획이 나는 좋다.

『풋』(2009년 봄~2010년 겨울), 월간『문장 웹진』(2010년 1월~4월)과『현대시』(2012년 3월~2013년 6월)가 귀중한 지면을 허락해주어서 글을 완성할 수 있었다. 고맙고 소중한 지면이었다. 편집자 김민정 시인과 또다시 작업할 수 있게 되어서 영광이다. 나보다 뛰어난 감성을 가진 편집자를 만나 행복했다. 언젠가 함께 책을 낼 수 있으면 좋겠다. 양군이 없었다면 버거운 연재 기간 동안 군데군데 구멍이 났을 것이다. 고마움을 전한다. 책을 쓰는 동안 식구들이 가끔 아팠다. 그때마다 사물이 대신 앓는 소리를 냈다. 나는 신비주의자가 아니지만 세상은 충분히 신비로웠다. 이 책이 읽은 분들 주변의 사물들에 귀를 기울이는 계기가 되었으면 좋겠다. 우리가 함께 엮여 있음을, 사물들이 세상을 촘촘하게 덮은 유비의 그물코임을, 그래서 한 사물을 들어올리면 세상 전체가 함께 딸려온다는 것을 행복하게 체험하는 경험이었으면 더 바랄 것이 없겠다.

2014년 11월
권혁웅

◆ 차 례 ◆

단추

단추는 한 사람의 내면을 열거나 닫는다. 지퍼가 단숨에 그 일을 해낸다면 단추에는 조심조심 짚어가는 마음이 있지. 지퍼가 아우토반이라면 단추는 살얼음 딛기인 셈.

———————————

1 단추가 눈처럼……

〈벤자민 버튼의 시간은 거꾸로 간다〉의 첫 장면영화사 로고가 뜨는 장면에서는 단추가 눈처럼 내린다. 눈이 단추처럼 내리는 게 아니라, 글자 그대로 단추가 마구 떨어진다. 눈 대신 단추가 쌓인다면 재미있을 것이다. 화이트 크리스마스가 아니라 버튼 크리스마스가 되겠지. 눈사람을 만들면 둥글게 굴리기도 쉬울 테고, 눈 코 입 자리도 있을 테고, 봄이 되어도 녹지 않을 테지. 그런데 잘 모이지는 않을 거야. 떨어진 단추처럼 와르르 흩어질 거야. 진눈깨비처럼 빗줄기가 좀 섞여야 할 거야. 단추가 서 말이라도 꿰어야 보배니까.

² 포유류와 유대류의 차이

　캥거루를 처음 보고 든 생각. 아, 단추가 있다면 좋았
을 텐데. 달릴 때 새끼가 떨어질 염려가 없을 테니. 그런
데 어느 날, 캥거루가 내게 말을 걸어왔다. 아이가 단추
매는 법을 배울 나이가 되면 벌써 학교에 간단다. 그때가
되면 더는 품안의 자식이 아니라구.

³ 시작이 반, 끝도 반

이 영화의 주인공 벤자민은 여든 노인으로 태어나 갓난아기로 죽는다. 정말로 시간이 거꾸로 가는 것인데, 그가 버튼가※ 사람이라는 게 그럴 듯하다. 똑같은 단추가 첫 단추가 될 수도 있고, 마지막 단추가 될 수도 있으니까. 그건 그냥 순서일 뿐이니까.

⁴ 낙타와 바늘구멍

부자가 천국에 가는 게 낙타가 바늘구멍에 들어가기
보다 어렵다는 말이 있다. 사실 낙타는 밧줄의 오기誤記
다. 둘의 발음이 비슷하기 때문. 하지만 밧줄보다야 낙
타가 멋있지. 바늘구멍을 향해 전진하는 불굴의 낙타라
니!

5 양변기 앞에서 계산하기

단추는 꼭 풀거나 여미는 게 아니다. 더우면 풀고 추우면 여미겠지만, 볼일을 마친 다음에는 꼭 단추를 눌러야한다. 어떤 때에는 그다음에 계산서를 든 웨이터가 찾아오기도 하지.

⁶ 세상을 잠그는 일

아주 작은 눈을 일러 단춧구멍 같다고 하지. 당신은 구멍이 작아서 세상을 좁게 보겠군, 그러겠지만 사실 그는 세상을 단단히 걸어잠그는 거야. 세상을 자세히 봐, 당신도 눈을 단춧구멍만큼 가늘게 뜨고 있잖아?

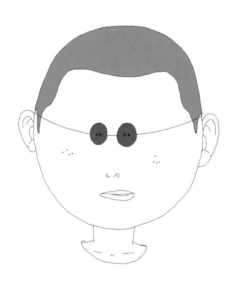

7 세상을 여는 일

    한편으로 생각하면 단추 자체가 눈眼 같다. 그러니까 단추는 몸을 잠그면서 세상을 향해 눈을 뜨는 거지. 당연한 거야. 벌거벗고 외출하는 거 봤어? 우리 아버지는 동네 슈퍼에 갈 때에도 바지를 갈아입는다고.

8 엉뚱하거나 엉큼하거나……

　지퍼는 이와 입술을 보고 만들었고, 바퀴는 뚱뚱한 사람을 보고 만들었다. 그럼 바늘과 단추는? 당연히 연인을 보고 만들었지.

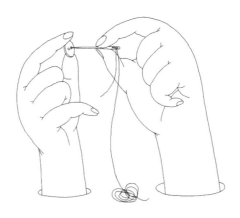

⁹ 미지의 세계

　단추는 UFO처럼 생겼어. 그것도 미확인비행물체라
고. 외계에서 날아온 비행접시처럼, 저 단추 너머의 세계
에 관해서는 도무지 알 수가 없지.

10 단추와의 첫사랑

지퍼가 고속도로 같다면 단추는 골목길에 어울린다. 지퍼는 단번에, 거침없이, 열어젖힌다. 반면에 단추는 좌삼삼 우삼삼…… 이리저리 기웃거리게 된다. 망설이다가 설레다가 겁을 내다가 마침내 고개를 끄덕이는 첫사랑 같다. 안타까운 건, 단추의 사랑에는 그다음이 있다는 것이다. 두번째, 세번째…… 사랑이 우리를 기다리고 있다는 것이다.

11 소맷부리버튼

단추가 부와 권력의 상징이라는 건 커프스버튼을 보면 안다. 소매의 두 쪽을 나란히 포개는 일반 단추와 달리, 커프스버튼은 안에서 밖으로 걸어서, 소매 두 쪽의 모양을 바깥으로 삐죽 튀어나오게 만든다. 남자의 겉옷 장식이 변해서 된 게 커프스버튼이다. 단추 하나에도 부와 권력을 과시하다니, 남자들이란 참. 단추 하나에 흠뻑 빠지는 여자들은 또 어떻고. 소매 벌어지지 말라고 다는 게 단추 아닌가 말이다. 부와 명예에 그렇게 사로잡혀서 어쩌겠는가 이 말이다. 커프cuff를 복수로 쓰면 쇠고랑 handcuffs이란 뜻이다.

12 염殮과 염念

봉투와 단추의 공통점은 개봉과 밀봉을 반복한다는
데 있다. 열리면 받아들이고 닫히면 품는다는 것. 둘의
차이점은 봉투가 종이 몇 장 담는 데 반해서 단추는 사람
전체를 담는다는 데 있다. 사람을 집어넣는 봉투 본 적
있나? 그렇다면 당신은 가까운 이의 죽음을 목격했을 것
이다. 염殮하는 장면 말이다. 그다음에는 그 사람에 대한
긴 염念이 당신을 따라다닌다. 그걸 잘 채워두지 않으면
안 된다. 슬픔은 꼬리가 길뿐더러, 입도 아주 크기 때문
이다.

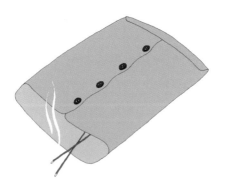

빵

빵집을 지나칠 때마다 서
양 참새도 아닌데 우리는
왜 설레는 걸까?

———————————————

¹ 단군신화

호랑이가 투덜댔다. 마늘빵과 쑥떡만 있었다면 나도 사람이 되었을 텐데. 곰이 대답했다. 웃기지 마, 너는 그 때 술빵 먹으러 나간 거야.

² 풍선 터뜨리기

풍선 터지는 소리도 '빵'이다. 이건 영어로도 빵_{Bang}이
다. 우리가 어머니의 풍선을 터뜨리고 태어났다는 뜻이
다. 어머니의 산통_{産痛}을 다 깨고 나왔다는 말이다.

3 만물의 영장

소의 빵은 건초이고 돼지의 빵은 비빔밥이고 닭과 칠
면조의 빵은 생식하라고 모아둔 낟알이다. 사람의 빵은?
소와 돼지와 닭과 칠면조다. 그래서 사람을 만물의 영장
이라 부르는 것이다.

4 빵에 소금 쳐 먹기

눈물 젖은 빵을 먹어보지 않은 자와 상종하지 말라는 얘기가 있지? 아주 심심한 자와는 함께하기 어렵다는 뜻이야. 어떤 음식이든 간이 잘 배어 있어야 한다는 거지.

5 슬픔의 맛

떡 줄 사람은 생각도 않는데 김칫국부터 마신다는 속담이 있지? 빵 줄 사람은 생각도 않는데 우유부터 찾는다는 말과 똑같은 말이지. 목이 메거든. 떡이나 빵에는 이상한 슬픔이 배어 있거든.

6 내가 빵집 아가씨는 아니지만……

　빵집을 지나칠 때마다 설렌다면 당신은 아직 사춘기
다. 어쩌면 여드름이 곰보빵처럼 얼굴에 가득할지도 모
르겠다. 왜냐고 묻는다면 당신은 아직 사춘기가 아니
다. 이스트를 모르기 때문이다. 당신은 아직 부풀기 전
인 거다.

⁷ 바게트는 무서워

빵을 구울 때 물을 뿌려 겉을 딱딱하게 만든 빵이 바게
트_{Baguette}다. 빵의 세계에도 '찬물을 끼얹다'와 같은 행
동이 있고, '딱딱하게 굴다'와 같은 마음이 있는 거다. 더
심하게 말하면, 바게트는 빵 나라의 조폭 같다. 바게트
표면에 난 무늬는 아무데서나 터지지 말라고 그어놓은
칼침 아닌가? 바게트 자체가 칼침 맞고도 쓰러지지 말라
고 살을 찌운 조폭 몸매 아닌가?

⁸ 치아바타는 불쌍해

치아바타_{Ciabatta}는 이탈리아의 한 제빵사가 실수로 물
을 너무 많이 넣었다가 발명한 빵이다. 그러니까 '물먹
은' 빵이다. 속에 구멍이 숭숭 뚫려 있는 것도 상한 속 탓
이다. 치아바타는 '슬리퍼'란 뜻이다. 안됐다. 이 빵, 처
음부터 밟힌 거다.

⁹ 중국식 음담패설

두루마리처럼 말려 있는 중국식 빵 이름이 꽃빵이다.
포장을 풀듯 빵을 벗긴 다음 돼지고기, 양파, 피망, 굴 소
스를 고추기름에 볶은 음식을 넣어서 먹는데, 이 음식을
고추잡채라 부른다. 아무리 생각해봐도 이 음식, 빵과 잡
채에 강세가 놓여 있는 게 아니다. 식탁에서 먹기엔 좀
그런 음식이다.

¹⁰ 속담 잇기 놀이

  카스텔라를 만들 때에는 달걀의 노른자 따로, 흰자 따
로 모아서 휘저은 다음에 섞어야 한다. 그렇게 하지 않고
한데 모은 채로 두면 닭이 나온다. 떡국에 달걀 고명을
얹을 때에도 그렇다. 그러니까 우리는 삼계탕 대신에 떡
국을, 치킨 대신에 카스텔라를 먹은 것이다. 꿩 대신 닭
이라면, 닭 대신 빵이다.

11 삼단 케이크

 썰렁한 수수께끼 하나. 세상에서 제일 먹기 싫은 빵은? 생일빵. 나이만큼 맞는 게 싫어서가 아니다. 그게 나이 먹은 걸 정확하게 상기시키기 때문이다. 쟤는 호적만 늦은 건데 왜 나보다 두 대나 덜 때려? 뭐 이런 투정이나 할 수밖에 없는 거다.

¹² 오늘의 운세

    양다리 걸친 사람, 광고할 게 많은 사람, 몸매가 절벽인 사람, 물에 물 탄 사람은 점심으로 샌드위치를 먹을 것. 마음에 둔 사람을 홀리지 않으리라. 앞뒤가 다른 사람, 글래머인 사람, 빅사이즈를 좋아하는 사람, 광우병이 뭔지 모르는 사람은 햄버거를 시켜라. 사방에서 맥도날드를 찾으리라. 다트 게임을 좋아하는 사람, 젓가락질이 서툰 사람, 집에 오븐이 있는 사람, 콜레스테롤이 낮은 사람은 피자를 주문하면 좋다. 당신이 엑스라지를 시켜도 다 소화할 수 있으리라.

삼단논법

성경에 이르기를, 천국은 누룩이스트을 넣어 부풀린 반죽 같다고 했다. 다른 구절에서는 바리새인들의 누룩을 주의해야 한다고도 했다. 그러니까 가지 않도록 조심해야 할 천국도 있고, 가면 좋은 천국도 있다는 얘기다. 예수천국 불신지옥이라고 떠들며 겁주고 다니는 사람들의 천국은 도대체 어느 쪽일까?

클 립

치석은 이빨에 끼워둔 클
립이고, 숙변은 대장에 표
시해둔 클립이고, 눈곱은
윙크 횟수를 대신한 클
립……이란 말인가?

¹ 사무실에서 유혹하기

반쯤 뜬 눈과 반만 열린 입술이 부릅뜬 눈과 소리지르는 입보다 더 매혹적이다. 그런 눈과 입이야말로 클립 모양을 하고 있으니 상대를 접수하기도 그만큼 쉬울 것이다. 수납하기 좋은 얼굴인 거다.

2 사무실에서 연애하기

클립에는 두 개의 소용돌이가 있지요? 그게 클립의 지문입니다. 당신이 서류를 건네면, 저는 서류를 받지요. 그럼 됐습니다. 우리는 서로에게 지문을 묻히고, 소용돌이에 휘말려들었습니다. 그다음에는 서로 결재만 하면 됩니다.

³ 사무실에서 이별하기

클립의 소비량을 조사했더니, 서류를 모으는 데 쓰인 클립보다 전화하면서 공연히 구부려 버리는 클립이 훨씬 더 많았다고 한다. 그러니까 그에게 말을 건네면서, 어쩔 줄 몰라 하면서, 우리는 서로를 자꾸 풀어버리고 있었던 거다.

4 앨리스의 영어 공부

스물일곱번째 영어 자모로 '&'을 두면 어떨까요? '클립'이라 읽고, 다른 자모와 자모 사이를 연결하는 접속사, 문장과 문장 사이를 연결하는 간투사間投詞=감탄사, 사람과 사람 사이를 연결하는 식사式辭로 쓰는 거죠. 말과 말 사이가, 사람과 사람 사이가 잘 이어질 수 있을 거예요. 동의하신다면 '아멘' 대신에 '클립'하고 발음해보세요.

5 과장법

그렇다면 치석은 이빨에 끼워둔 클립이고, 숙변은 대
장에 표시해둔 클립이고, 눈곱은 윙크 횟수를 대신한 클
립……이란 말인가?

⁶ 완곡어법

어감도 그렇고 하니, 이제부터는 가발을 클립이라고 하자. 여름에는 머리카락을 들고 땀을 닦아야 할 테니 임플란트일 수는 없겠고, 겨울이면 그 위에 모자도 얹어야 할 테니 틀니 비슷한 것도 아니다. 급할 때에는 손쉽게 정돈했다가도 필요 없으면 빼버리면 그만이니 그게 클립이 아니고 무엇이겠나. 뭐, 이런 대화가 가능하겠다. "어? 그대는 노란 클립을 했네?" "하하, 저는 부분 클립이에요." "나는 클립 이식을 했지. 20년은 젊어졌다구."

⁷ 접기 놀이

클립의 바깥 부분을 60도 각도로 접으면 하트 모양 클
립이 되지요. 당신은 그게 다야? 하시겠지만, 물론 그 정
도로 당신의 마음을 전할 수야 없겠지만, 그마저 없다면
그 마음을 대체 어떻게 전해야 한답니까?

⁸ 도시락에 넣어둔 호빵처럼……

타원은 두 개의 중심을 가졌습니다. 클립도 그렇고, 당신과 나도 그렇지요. 우리가 포개져 있다는 거죠. 맞물렸다는 겁니다. 밖에서 누군가 우리를 오래 흔들었나봅니다.

⁹ 변신의 귀재들

　트랜스포머의 변신 로봇들은 클립을 잔뜩 붙인 자석들 같았다. 그게 눈 깜짝할 사이에 팔도 되고 다리도 되고 몸통도 되더라. 내가 카프카는 아니지만, 아침에 일어났더니 큰 지네가 되었더라는 얘기도 그보다 이상하진 않겠더라. 하긴 이해 못할 것도 없지. 정치판만 봐도 오토봇과 디셉티콘은 쌔고 쌨더라고.

¹⁰ 손길

정전기로 치마가 말려올라갈 때에는 안에 클립을 붙여보세요. 신기하게도 잡아준다니까요. 그런데 치마 안에서는, 대체 누가 당기는 걸까요?

¹¹ 사무실에서 추억하기

클립의 18퍼센트는 찢어진 옷을 임시로 수선하는 데 쓰이고, 10.5퍼센트는 파이프 담뱃대나 막힌 노즐을 뚫는 데 쓰인다. 7퍼센트는 손톱의 때를 파내는 데 쓰이고, 6.5퍼센트는 이쑤시개 대용으로 쓰인다. 자물쇠를 따는 데 쓰이는 클립은 1퍼센트가 채 안 된다. 그리고 서류를 분류하고 정돈하는 데 쓰이는 비율은 20퍼센트 미만이다. 그럼 나머지는? 아까 말했잖아? 사무실에서 이별할 때 쓴다고.

100만 불짜리 클립

어머니 웃으실 때마다 이마에, 눈가에, 입가에 주름이 참 곱다. 클립을 매단 거 같다. 그 웃음이 바로 체크포인트라는 거다.

100만 개는 되는 클립

　우포늪에 모인 큰기러기, 고니, 청둥오리, 쇠오리, 홍머리오리, 물닭떼, 늪에 내려앉아 체크 표시를 해주고 있다. 니들이 여기를 안 지키면 우린 다신 여기 안 온다고.

14 합본한 책

삼겹살, 오겹살은 무슨 서책 같아. 어디에 클립을 꽂아야 할까? 우리집 가장도 두툼한 한 권의 책이 되어가고 있네. 사서史書와 가계부를 합본한, 그런 책이라네.

하나
1

우리는 만날 땐 1이지만,
헤어질 땐 ∞가 된다. 당
신이 팔짱을 끼고 내 말을
듣고 있다면, 내게 말하는
것이겠지. 나는 너에게서
무한히 멀어지고 있다고.

_____

1 1+9 =11

저 앞에 선 열 명 가운데 그이가 있다면 나는 열한 명을 센다. 열 명과 그이, 이렇게 열하나다. 사랑하지 않는 사람, 제 앞에 선 열 명에 도무지 관심을 두지 않는 사람만이 그들을 열이라고 센다. 사랑은 '하나'를 다른 모든 수에 맞놓는 방법이다.

² 1+1=1 혹은 2+2=1

군대에서는 작대기 하나가 이등병, 작대기 두 개가 일
등병입니다. 하나가 이등이고 둘이 일등이라니요, 참 겸
손한 산수입니다.

³ 1+4=2

벙어리장갑을 끼면, 하나에도 큰 하나가 있고 작은 하나가 있다는 걸 알게 됩니다. 엄지가 작은 하나고 나머지 부분이 큰 하나라고요? 그 반대죠. 엄지를 치켜세우기 위해서 힘을 모으는 저 착한 나머지들을 보세요. 당신이 최고라고 말하는 저 예쁜 하나를 떠받치는 다른 하나 속에 든 넷을요.

4 1+1=1−1

동명이인은 우리를 정말로 놀라게 한다. 한 이름이 다른 이름이 가진 윤곽과 기억과 소리를 다 덮어쓰기 때문이다. 언제 저렇게 뚱뚱해졌어! 나를 버릴 때는 언제고! 어떻게 저렇게 상냥할 수가 있담! 이름은 그 사람에게 들어가는 입구인데, 동명이인은 입구 뒤에 다른 건물을 숨겨두고 있는 것이다. 문을 열고 들어갔다가 그 문을 열고 다른 곳으로 나오다니.

^{5} $1+1+1+1+\cdots\cdots=1$

그녀 앞에서 그의 입술은 얼어붙습니다. 한 마디하는 데에도 수십 번 더듬네요. "저, 저기, 저, 기요……" 그녀는 답답해죽을 지경이지만, 그건 조바심의 다른 표현입니다. 고백은 완성되기 위해 있는 것이니까요. 어쩌면 그는 자기 고백을 여러 번 반복해서 다듬는 중인지도 모르겠습니다.

⁶ 1=2

    생명은 둘을 하나로 세면서 진핵생물로 발전했고, 하나를 둘로 세면서 성性과 이분법과 출아법을 발전시켰다. 인간은 둘을 하나로 세면서 집합론을 발견했고, 하나를 둘로 세면서 무의식을 발견했다. 이 모든 게 사랑의 논리이기 때문. 사랑은 둘이 하나가 되고, 하나가 다른 하나를 낳아 둘이 되는 이상한 산수야.

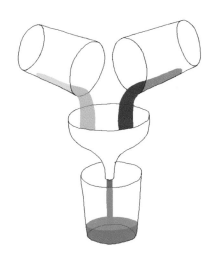

⁷ 10−1=이승

태양계에서 명왕성이 퇴출되었다. '태양' 더하기 '수금지화목토천해명'에서 마지막 글자가 떨어져나갔다. 당장 점성술사들이 곤란해졌다. 겨우 명왕성을 넣어서 인생 예상 문제집을 만들었는데 그 체계가 다 엉망이 되었기 때문이다. 알다시피 명왕성은 저승 별이다. 명왕성이 나갔다는 건 태양계가 개똥밭이 되었다는 뜻이다. "모두들 여기서 굴러라, 그래도 저승보다는 낫다"는 뜻이다.

8 평소에는 1, 화나면 0

복어는 뚱뚱한 허공이 되기 위해서 등뼈 이외의 뼈들을 다 버렸습니다. 가만있을 때는 잔뼈들을 다 발라낸 등뼈 하나가, 화만 나면 있는 물 없는 물 다 들이마신 물 풍선이 되는 거예요.

젊으면 1, 늙으면 12

젊은 사람도 몸속에 지팡이 하나를 넣어두고 다닌다.
꼿꼿하게 선 사람이 바로 1이다. 나이가 들어 등이 굽으
면 그러니까 2가 되면 비로소 지팡이가 필요하게 된다.
그래서 12는 완전수다. 무엇보다도 연륜이 거듭된 숫자
이기 때문이다.

¹⁰ 앞에선 1, 아래선 2

　코는…… 맞아요, 당신 앞에서는 도도하게 콧대를 세우고 있지만, 아래서는 당신 손길을 기다리고 있어요. 당신이 두 손가락을 위로 치켜서 내밀면 당장 걸려들어요. 코는…… 그래요, 당신에게 코가 꿰였어요.

만날 땐 1, 헤어질 땐 ∞

무한대 기호∞는 팔짱 낀 모양이다. 당신이 팔짱을 끼고 내 말을 듣고 있다면, 내게 말하는 것이겠지. 나는 너에게서 무한히 멀어지고 있다고.

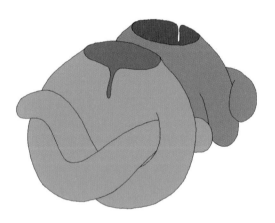

12 ∞=8

    무한대 기호∞는 누운 팔8자 모양이기도 하다. 당신이 여전히 팔짱을 끼고 있다면, 이런 말도 하는 것이겠지. 우리의 멀어짐은 어쩌면 팔자라고.

¹³ 서면 1, 앉으면?

직립보행이 어려울 때가 있지? 화장실 앞에서 말이야. 뒤에서 끌어당기는 저 허공의 힘은 정말 대단하지. 양변기 아래 뚫린 구멍만큼 철학적인 게 있을까 싶어. 우리로 하여금 생각하는 사람의 자세를 취하게 만드는, 아니 삶 자체를 커다란 물음표로 만드는 구멍 말이야. 그 구멍이 요구하는 것은 작은 점 하나지만, 그 점이 없으면 물음표는 완성되지 않는 법이지. 허공에 점을 넘겨주고, 우리는 엉거주춤 일어서는 거지. 그게 느낌표야.

14

눈 하나의 가격

눈이 둘인 것은 그 사람을 배경에서 구별하기 위해서입니다. 그런데 카멜레온의 두 눈은 각자 다른 곳을 봅니다. 완벽하게 한눈을 파는 거지요. 그게 얼마인지는 모르겠습니다만, 사고 싶은 생각도 그리 들지는 않습니다.

15 눈 둘의 가격

내 눈은 좌우가 각각 0.5입니다. 합치면 1.0이지만, 설마 제 눈이 얼마냐고 물은 것은 아니겠지요? 두 눈이 각각 2.0인 사람은 설마 눈이 네 개란 말입니까?

16 긴 하나, 많은 하나

세상에서 제일 긴 1이 칠레라면, 제일 많은 1은 한국입니다. 사천만이 넘는 단일민족이라니요? 아직 통일도 못 했는데 말입니다.

그릇

"그 사람을 담고 싶었지만 그는 내게 담기기엔 너무 컸나봐요." "그건 그 사람도 당신을 담으려 했기 때문이에요."

———————

¹ 중국식 만찬

이과두주, 공부가주, 오가피주, 죽엽청주……는 죄다 배 이름입니다. 일엽편주 같은 거지요. 한번 타면 떠내려갈 수밖에 없거든요. 제법 격류거든요. 타는 곳은 아는데 내리는 곳은 도무지 알 수 없는 배들이지요.

2 러시아식 만찬

마트료시카 아시죠? 인형 속에 작은 인형이, 그 속에
더 작은 인형이 겹겹이 든 러시아 인형 말입니다. 그거,
사랑의 상형입니다. 자기 가슴을 가리키며, "이 안에 너
있다"고 말하던 드라마 같아요. 손발이 오그라드는 표현
입니다만 상대를 안아서 제 안에 다 넣었으니, 틀린 말은
아니죠. 실제로 마트료시카에게는 손발이 없어요. 진짜
로 오그라들었거든요.

³ 가야식 만찬

　경남 창녕의 송현동 고분에서 발견된 순장은 참 아프
다. 아리따운 소녀도 아프지만, 아이를 억지로 데리고 들
어간 주인 때문에 더 아프다. 자기 혼자는 억울하니, 시
종들을 다 데리고 가겠다는 심보 말이다. 밥 한 그릇으로
만족할 수 있겠냐고, 국그릇도 있고 반찬 그릇도 옹기종
기 좀 모여 있어야 하지 않겠냐고. 만찬이 나쁜 건 아니
지만 그것참, 그 주인도 밥을 먹는 자가 아니라 밥그릇
하나에 불과했던 것을.

4 극지방에서의 만찬

    자석을 나뭇조각 위에 두고 물에 띄우면, 다른 극끼리 다가가지? 나는 술잔이 그런 거라고 생각해. N극과 S극 대신에 M극남성과 F극여성이 있는 술잔 말이지. 취해서 몸을 기울이면 이상하게도 거기엔 다른 자석이 있더란 말이지.

길에서의 만찬

평발은 오래 걷기 힘들다네요. 발이 우묵해야 오래 걸어도 피곤하지 않다고 하네요. 발이 길을 담을 수 있어서 그런 거지요. 원샷이야 어렵겠지만, 여러 번 거듭해서 담으면 길도 제법 담기지 않겠어요?

⁶ 유물론자들의 만찬

육체가 영혼을 담는 그릇이라고요? 그렇다면 내시경은 천사입니까? 방귀는 천상옥음天上玉音이고요? 식사는 하루 세 번 지내는 제사이겠군요. 참 정성스럽습니다그려.

7 이태백 생각

대기만성이라는 말이 있지요? 큰 그릇 얘기지만, 사실은 그거 위로하려고 만든 말에 지나지 않아요. 이력서 위에 걸터앉은 삶도 있는 법입니다. 오래 기다리다보면 기다리는 것도 만성이 되고 맙니다.

초보자용 컵

컵에 달린 손잡이는 뜨거운 잔을 만질 때 데지 말라고 달아놓은 겁니다. 그것참, 그럴듯해요. 거 왜, 처음 애인 사귈 때 손부터 잡잖아요? 입술부터 대면 데고 말기 때문이지요.

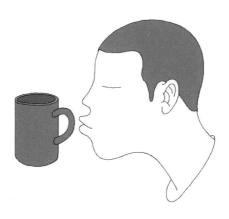

9 그릇을 두드리며 노래하다

철공소의 그릇은 펄펄 끓는 쇳물을 담고, 모래시계의 그릇은 하염없이 모래를 담고 있네. 저 구름이 비를 담은 검은 그릇이라면, 나는 너를 담은 깡마른 그릇이네. 힐끗 본 사람들이 말하길, 중요한 것은 그릇이 아니라 그릇에 담긴 거라 말하네. 하지만 요강에 밥 말아 먹을 수는 없는 법, 내가 모나면 네게 각이 지고 내가 둥글면 네가 원만해지네. 지금은 양파즙을 담은 팩처럼 얇으니, 어서어서 이 양파즙 장복하고 나도 좀 *꿋꿋*해져야 하겠네.

10 눈물이 새는 그릇

    누군가를 그리워한다는 건 그를 눈에 담는 것이다. 그러니 너무 그리워하면 안 된다. 잘못하면 그가 눈에 밟힌다. 잔이고 뭐고, 그때는 다 깨지고 만다고.

그릇된 삼각관계

야바위판 알지? 엎어놓은 그릇 세 개 가운데 하나에 든 물건을 놓고, 손으로 휘휘 돌린 후에 어느 그릇에 들었는지 알아맞히는 게임. 그것은 손과 그릇들의 우정일까, 아니면 눈과 그릇들의 삼각관계일까?

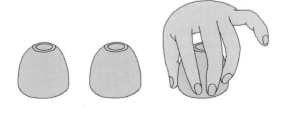

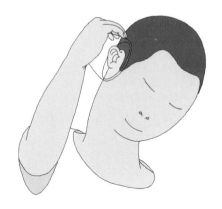

12 잔에 담긴 소리

구멍 숭숭 뚫린 잔이 있으니 작설차 우려내는 찻잔이
그것이다. 큰 구멍 하나 품은 잔도 있으니 정화조로 버린
물건 실어 보내는 양변기가 그것이다. 넘치면 비워내는
잔도 있으니 재게 먹은 술을 토하고 있는 취객의 입이 그
것이다. 그러니 네 장광설은 어디에 소용되는 거겠니?
그 말을 다 쏟으면 시원하긴 하겠다만, 도대체 이 홍건한
바닥과 건더기는 어째야겠니?

13 배반이 낭자

　배반이 낭자란 말이 있어요. 술잔과 반찬 그릇이 어지럽게 널렸다는 뜻인데요, 저는 그게 꼭 전설의 고향 같아요. 거 왜, 있잖아요, 길 잃은 나그네가 "낭자, 하룻밤만 재워주시오." 이랬다가 경을 치는 얘기요. 사실 하룻밤을 지나면 더이상 낭자가 아니거든요.

14 선혈이 낭자

텍사스뿔도마뱀Phrynosoma cornutum은 개나 코요테 같은 천적이 다가오면 눈에서 피를 발사한다. 심할 때에는 몸에 있는 피를 4분의 1까지 쏟아낸다. 난 이미 아프니까 건드리지 말라는 거다. 네가 오면 피를 쏟겠다는 거다. 제 몸을 크나큰 피 그릇으로 여기다니, 불쌍한 자해 공갈단이다.

15 두 손도 맞들면 낫다

두개골은 뇌를 담는 그릇이고 갈비뼈는 폐를 담는 그릇이지만, 손은 자기 것을 담지 않는다. 네가 앞에 있어야 손은 그릇이 된다. 네 얼굴을 더듬을 때에야 비로소 이 손은 소쿠리처럼 너를 담을 수 있게 된다.

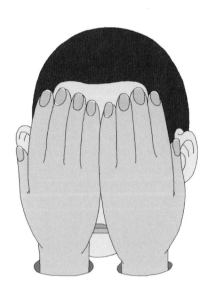

동원참치 원터치 캔은 따고 나면 입 비죽대는 청소년 같다. 우그러진 얼굴로 침 찍 뱉는 불평불만 같다. 하긴, 거기서 녹슨 커터 칼도 나왔다니까, 틀린 말은 아닐 것이다. 면도칼을 씹어대던 칠공주 누나들도 맞아, 좀 그렇긴 하지, 동의했을 것이다.

시소

시소는 '본다see―봤다 saw'에서 온 말입니다. 시 소를 타면서 우리는 만남 과 헤어짐을 반복하는 겁 니다.

_____

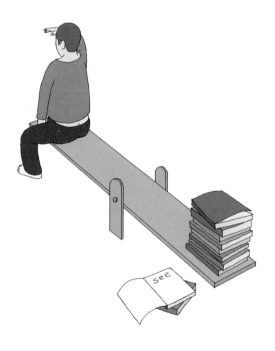

1 프로이트식 실패 놀이

시소는 '본다see—봤다saw'에서 온 말입니다. 나와 함께 시소를 탄 그는 내 앞에 보이다가있다가, 안 보이다가없다가 합니다. 존재와 부재를, 현재와 과거를 왕복하는 거죠. 시소를 타면서 우리는 만남과 헤어짐을 반복하는 겁니다.

2 카메론식 소개팅 놀이

영화 〈아바타〉에서 외계 종족인 나비족들은 서로 "당신을 봅니다"I see you라고 인사를 한다. 그것은 현전의 한순간이다. 그 말을 발설하는 바로 그 순간에, 당신의 진짜 정체를 대면하고 있다는 뜻이다. 그러나 그의 참모습을 보려면 그의 뒷면도 보지 않으면 안 된다. 뒤태와 옆태를 기억해야 앞태가 완성된다. 그래서 앞의 인사에 "당신을 보았습니다"I saw you를 반드시 덧붙여야 한다. 그게 진정한 3D다.

3 경상도식 소꿉놀이

"~십시오"를 경상도 방언으로 "~시소"라고 하지요. 공손하게 상대를 초대해서는 놀이기구 위에 올려주는 저 억양이야말로 착한 소꿉놀이가 아니고 무엇이겠습니까.

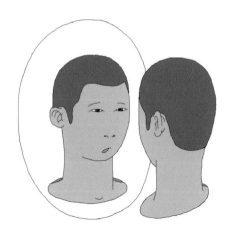

⁴ 보르헤스식 거울놀이

　보르헤스는 거울과 아버지가 무섭다고 말했다. 거울
은 되비추어서, 아버지는 자식을 낳아서 하나를 둘로 만
들기 때문이다. 시소는 그 반대라고 말하면 될까? 건너
편의 그 사람과 내가 합쳐야 우리는 시소를 탈 수 있다.
시소는 처음부터 둘을 하나로 만드니까. 둘이 있어야 하
나가 되니까.

5 영지주의식 전쟁놀이

세상에서 제일 무서운 시소는 투석기投石機다. 세상에, 집채만한 바위가 날아오는 놀이터라니! 어떤 때에는 상대편 포로나 아이 들을 거기에 담아 농성중인 상대편의 성벽 너머로 던졌다고도 한다. 무서운 자들이다. 그들은 인간을 노리개로 여기는 하급신을 흉내내고 있었던 거다.

6 고장난 시소 A

단칸방에 세 들어 살던 시절, 부모님은 막내인 나를 아랫목에 뉘어두고, 늘 윗목에 잠자리를 깔았지. 그때는 내가 두 분을 합친 것보다도 더 무거운 줄 알았네.

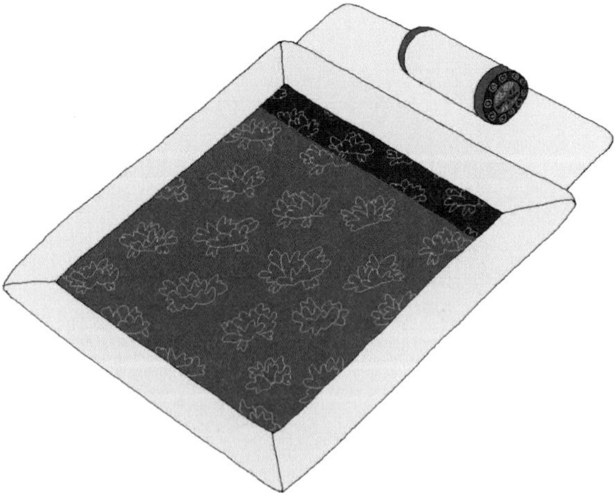

7 고장난 시소 B

실패한 가장을 삼켜버린 새벽 두시의 한강. 영동대교
는 한 사람을 우주로 날려버린 거대한 시소였다.

8 고장난 시소 C

심전도를 생명과 마주한 시소라 불러도 좋겠지. 규칙적으로 오르고 내리는 평생의 드잡이가 심장박동이 아니고 무어냔 말이야. 그러다 생명이 시소에서 내려오면 영원한 평정 상태가 오지. 다시는 삶과 시소를 탈 수 없는 때가 그때인 거지.

놀던 아이들이 저녁 먹으러 집에 다 가고 나면, 시소는
기울어진 평균대가 된다. 거기에 펭귄 한 마리 올려놓으
면 좋을 것이다. 기우뚱한 평균대에는 뒤뚱거리는 펭귄
이 제격이다. 평균과 펭귄은 처음부터 유음동의어가 아
니었을까? 뚱뚱한 제비처럼 생긴 펭귄은 더이상 날지 못
하는 시소를 끌어안고 주위를 두리번거린다. 어서어서
저녁 먹으러 가야 하는데, 바다가 보이지 않는 것이다.

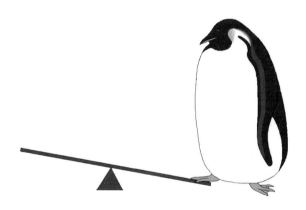

10 책 속의 타잔

난독증이란 미친듯이 문장이 널을 뛰는 거야. 윗줄과 아랫줄이 함부로 오르내리는 거지. 단어 하나가 그 위에 올라타 있어. 타잔도 아닌 것이, 고래고래 질러대는 소리는 또 뭐람.

11 선로 위의 조로

태백선에는 스위치백Switch-back 선로가 있지요. 기차
가 전진과 후진을 왕복하며, 조로가 그어댄 칼금처럼 지
그재그로 올라가는 노선이지요. 와, 시소다! 그러면서 아
이들이 좋아죽지요. 물론 어른들도 좋아서 난리죠. 삶도
그렇게 한 수 물릴 수 있다면, 얼마나 좋겠어요. 윷놀이
만 그런 게 아니에요. 내 인생의 '빠꾸도'가 거기에 있는
거죠.

12 양다리 위의 지구

백만 년에 1~5번꼴로 남극과 북극은 서로 자리를 바꾸는데, 이를 지자기역전Geomagnetic Reversal이라고 부른다. 그때가 되면 우리는 지도를 거꾸로 펴들고 봐야 할지도 모르겠다. 세상에서 제일 큰 시소가 바로 지구였다는 거다.

13 풍선과 트림

　사거리에 새로 개업한 PC방 앞에서, 한 사람이 두 팔로 시소를 흉내내고 있다. 이 웨이브 좀 보라고, 이 지휘에 맞춰서 여기는 엄청나게 번창, 울창, 화창할 거라고. 어깨에 헛바람이 잔뜩 들어 있다. 저 바람만 아니면, 그 자리에서 주르륵 흘러내릴 그런 사람이.

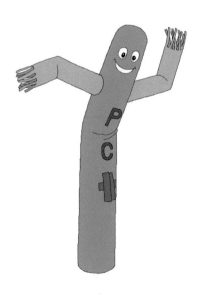

¹⁴ 이별과 요요

개복치는 크기가 4미터, 무게가 1톤이나 되는 물고기다. 옆으로 퍼진 삼각형 형태니까, 몸통의 절반쯤을 잘라낸 생선처럼 생겼다. 바다 중간에서 있다가 해파리를 먹으러 수면으로 올라온다. 먹이를 두고 시소 놀이를 하는 셈인데, 그러다 어떤 때에는 물위에 옆으로 누워 둥둥 떠다니기도 한다. 시소를 타던 동행이 먼저 가버린 거라고나 할까. 코끼리만한 덩치가 버림받은 이의 흉내를 내는 거다. 사실 그러고 있으면 청소 물고기가 와서 개복치 몸통에 붙은 기생충을 뜯어먹는다. 불필요한 살들을 깎아서 좀 날씬해지는 거다. 이별만한 다이어트는 없다는 거다. 그래봐야 금방 다시 뚱뚱해지겠지만.

놀이터의 사랑

   시소는 지렛대가 변한 놀이기구다. 작은 힘으로 무거운 짐을 들려면 받침대가 짐에 가까워야 한다. 시소에서도 무거운 사람은 앞에서 타야 한다. 연애도 그렇다. 상대를 더 생각하는 이는 바짝 다가서고 덜 생각하는 이는 작은 힘으로도 상대를 움직이지.

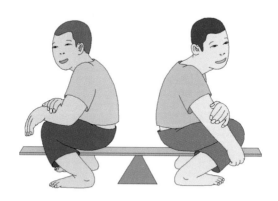

16 놀이터의 철학

　미끄럼틀, 그네, 시소는 놀이터의 삼항조tripod다. 미끄럼틀이 사선운동, 그네가 전후운동을 일러준다면 시소는 상하운동을 가르쳐준다. 미끄럼틀에서 만나는 이가 악당이고 그는 당신을 벼랑에서 밀어버린다, 그네에서 만나는 이는 보조자라면 그는 당신이 날 수 있게 해준다, 시소에서 만나는 이는 사랑하는 사람이다. 그가 없으면 당신은 시소 놀이를 완성할 수 없다. 미끄럼틀은 진리를, 그네는 선함을, 시소는 아름다움을 가르쳐준다. 한번에 전락할 수도 있는 게 인생이라는 진리를, 나아가고 물러날 때를 아는 선량함을, 비례와 균형이라는 미의식을 우리는 이 셋에서 배운다. 아, 내가 알아야 할 모든 것을 나는 이미 놀이터에서 배웠구나!

등

燈

그 사람을 향한 오른쪽,
왼쪽 깜빡이가 윙크라면
양쪽 깜빡이는 양다리다.
둘 다 만나고 싶어서 어쩔
줄 모르는 비상등이지.

———————

¹ 등잔 밑이 어둡다

　슬하膝下란 말을 들으면 가슴이 아프다. 거기엔 늙은 어머니의 시린 무릎이나 노안老眼이 있다. 그늘 아래 있던 우리는 이미 다 자랐는데, 어머니는 여전히 무릎걸음으로 돋보기나 찾고 계신 거다.

2 족두리하님의 증언

　수심 3,500피트에 사는 나무수염아귀Linophryne ar-borifera는 빛을 내는 연둣빛 나뭇가지를 몸 앞에 달고 있습니다. 사방이 칠흑이라 스스로 빛을 내는 거죠. 꼭 신행길을 밝히는 청사초롱 같습니다. 그뒤를 신부가 아니라 입 크고 눈 찢어진 아귀가 따라온다는 게 좀 문제긴 하지만요.

3 등대와 심장

펄서pulsar는 빠르게 회전하면서 경찰차의 경광등처럼 빛과 전파를 방출하는 별입니다. 정확한 주기로 회전하기 때문에 시간과 위치를 딱 짚어주지요. 그래서 펄서를 하늘의 시계 혹은 등대라고 부릅니다. 제 생각에 그건 하늘의 심장이 아닐까 싶어요. 생각해보세요. 당신이 고개를 올려 하늘을 보면, 저 멀리서 당신을 향해 두근대는 존재가 있는 거죠.

⁴ 내 머리맡의 미인

　예전에는 집집마다 요강이 있었다. 어르신들, 새벽 측간 가는 길에 혹시 숨어 있을지 모를 낙상과 풍을 막기 위해서다. 그래도 그렇지, 하필이면 그 냄새나는 물건을 자리끼 옆에 놔둘 건 뭐람. 이 나이가 되어서야 깨닫는다. 요강이 볼일 보는 도구가 아니라 그리움의 도구라는 걸. 그것이 그녀를 흉내내는 환하고 둥근 종이 등이었다는 걸. 그녀 대신에 요강은 그렇게 둥그렇게 앉아 머리맡을 지키고 있었던 거다.

5 적목현상

　백열등은 필라멘트가 끊어지면 그냥 꺼진다. 부릅뜬 눈의 혈관 터지는 소리가 그럴 것이다. 상대를 밝히는 게 아니라 태워버리려는, 그러다가 제 눈을 먼저 태우고야 마는.

⁶ 남극의 가화만사성

과장해서 말한다면 남극에서는 반년이 낮이고 반년이 밤이다. 일년에 한 번씩만 등을 켜고 끄는 셈이니, 그곳의 신께서는 무척 게으른 게 틀림없다. 황제펭귄Apten-odytes forsteri은 남극의 얼음 위에서 짝짓기를 한다. 50일쯤 뒤에 알을 낳은 암컷이 먹을 것을 찾아서 바다로 가면, 수컷이 알을 품고 겨울을 난다. 120일쯤 지나 암컷이 돌아오면, 그제야 임무를 바꾼 수컷이 바다로 간다. 무려 반년을 굶은 채 지내는 것이다. 아, 황제펭귄은 신의 귀여움을 독차지했구나! 그곳에서는 하루가 일 년이니, 6개월을 반나절로 아는구나. 여보, 먹을 거 구해와. 밤 동안은 내가 아기를 돌볼게. 그런데 어쩌나, 방이 냉골이네, 영하 70도라니.

괄목상대

깨달음이 뒤늦은 이를 형광등이라 부르죠. 사실 형광등을 켜기 위해서는 스타터starter라 부르는 점등 장치가 필요합니다. 그가 멀뚱한 표정을 짓고 있을 때, 두 눈을 비비고 잘 보세요. 그는 아직 시작도 안 한 겁니다.

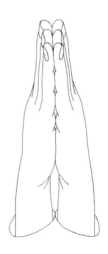

⁸ 부처님 오신 날

　연등 아래서 처음 꿈을 꾸었네. 이 길이 끝나지 않기를. 당신과 손을 잡고 사천왕사까지 걷고 싶었네. 연등 아래서 두번째 꿈을 꾸었네. 저 연꽃들처럼 우리 잡은 손이 연화합장인을 이루기를. 사천왕사에서 네 왕이 나와 우리를 반겨주었네. 연등 아래서 마지막 꿈을 꾸었네. 우리는 손을 나누고 낙타를 탔네. 고개 넘어 알전구를 이어 붙인 큰 전나무를 만났네. 꿈에서도 잊고 있었네. 부처님이 다시 오시려면 그전에 예수님부터 오셔야 하네.

⁹ 머리에 불을 붙이다

관솔불이 잘 타는 건 송진 때문이다. 맺힌 게 있어야, 옹이가 많고 끈적끈적해야 환한 법이다. 잘못 컨 라이터에 머리털이 홀랑 타거나 심화心火가 일 때 눈물이 나는 것도 그 때문이다. 생각해보라, 머릿속이 얼마나 젤리 같은지, 얼마나 쭈글쭈글한지를. 물론 생각은 해도 볼 수야 없겠지만.

10 마음은 깜박이처럼……

　그 사람을 향한 방향지시등이 윙크입니다. 깜박이며
그쪽으로 가겠다는 뜻이죠. 그렇다면 비상등은 양다리
겠군요. 어떡해, 둘 다 가고 싶어. 그야말로 비상시국이
지요.

연인과 등불

촛불이 연인 사이를 대표하는 상징적인 아이콘이 된
것은 뜨거움과 불빛 때문이 아니다. 전자 때문이었다면
열 내는 하마가, 후자 때문이었다면 삼파장 스탠드가 훨
씬 나았을 것이다. 촛불이 아이콘이 된 진짜 이유는 불안
하고 파괴적인 관계를 상징해서다. 그것은 빨리 꺼지고
그걸로는 백일 기념일도 못 밝힌다 홀랑 태운다화재 원인은 누전 아니
면 촛불이다. 가정주부라면 촛불로 집을 밝히거나 요리를
할 생각은 꿈도 꾸지 않을 거다. 아, 그러나 바로 그렇기
때문에 촛불은 아름다운 것이다. 캄캄하지 않은 사랑이,
119 없는 사랑이 대체 어디에 있단 말인가?

12 부부와 등불

　무진등無盡燈은 불법佛法을 이르는 것으로, 하나의 등이 다른 등을 계속해서 켜므로 등이 꺼지지 않고 이어진다는 것을 이르는 등입니다. 등불계의 도미노라고 할까요? 아니면 종교계의 착한 방화범이라고 할까요? 그야말로 무진장無盡藏인 불이지요. 촛불의 반대니까, 어쩌면 이걸 부부의 등불이라고 해도 좋겠습니다.

13 기억이 말발굽처럼······

주마등走馬燈에서는 촛불로 데운 공기로 등 안에 넣어
둔 바퀴 달린 말을 돌린다. 그러니까 기억이 주마등처럼
스쳐간다는 말은, 네 마리 말이 번갈아 돌듯이 기억이 계
속된다는 말이다. 스쳐갔다가 스쳐온다는 말이다. 참 징
그러운 말들이다.

고환의 다른 이름이 불알인데, 당연히 이것은 '불의 알'이란 뜻이다. 당신이 클라이맥스에 이르면, 새가 알을 깨고 나와 한 신에게 날아간다. 그 신의 이름은 아프락사스다. 아뿔싸, 당신은 어떤 기한을 계산하지 않았다. 운명은 반인반신이다. 이후로 모든 것은 그분의 뜻이니 당신의 앞길에 근조등을 걸어야 할지 어떨지, 아브라카다브라.

15 후회가 '생각하는 사람'처럼……

집어등集魚燈 앞의 오징어는 모닥불 앞의 나방과 같지요. 오징어를 사랑에 눈먼 청맹과니라 부른 적 있습니다. 제 잡힐 줄 모르고 전속력으로 달려드는 오징어는 눈이 너무 좋아서 탈입니다. 사람 눈보다도 잘 작동하는 눈이라 하니, 먼 곳의 불빛도 속속들이 찾아내는 거지요. 오징어잡이배의 어부들은 그물질을 하다가 출출하면 잡은 오징어를 배의 연통 위로 던진다고 합니다. 그러면 몸을 덴 오징어는 온몸을 말면서, 팔로 머리를 잡으면서 쫄깃쫄깃한 단백질 덩어리가 되어갑니다. 아, 여기가 아니었어, 내 사랑은 여기에 없었어, 이러면서 괴로워하는 거지요. 고뇌가 커서 그럴 테지만, 이런 오징어는 소금을 안쳐도 무척 짭짤합니다.

숟가락

그녀가 들고 온 것은 아주
조그만 숟가락. 그것도 밥
이라고, 어서어서 퍼주겠
다고.

———————————————

¹ 아주 작은 숟가락

어휴, 저 귀지 좀 봐. 우유만 부으면 인디언밥이네. 그
녀가 소리쳤다. 그녀가 들고 온 것은 아주 조그만 숟가락.
그것도 밥이라고, 귓밥을 퍼내는 데 쓰는 그런 숟가락. 이
걸로도 고봉밥을 만들 수 있겠어. 그녀가 소근댔다.

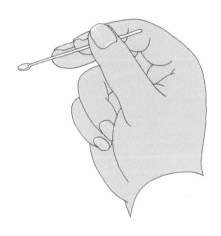

² 아주 큰 숟가락

북두칠성 혹은 작은곰자리가 국자 모양이라는 건 누구나 아는 사실이다. 손잡이 끝에 놓인 별이 북극성이다. 모든 별이 북극성을 중심으로 돈다는 것도 모르는 이가 없다. 그래서 북극성을 임금의 별이라고 하는 것이다. 국자를 휘휘 돌리는 자가 밥줄을 쥐고 있는 자라는 뜻.

3 첫번째 밥통

사람보고 왜 밥통이라고 부르는지 알겠어요. 거 왜, 시력 검사할 때 숟가락으로 한쪽 눈을 가리잖아요? 그렇게 가리면 안 보이니까, 남들이 이 밥통아, 하는 거겠지요. 사실은 그 숟가락으로 제 자신을 떠먹으려드는 거랍니다. 자기가 정말로 밥통인 줄 아는 거지요.

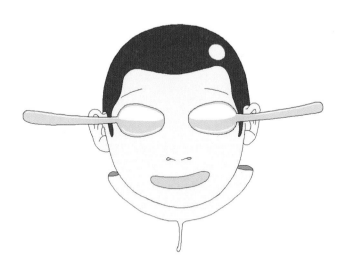

4 두번째 밥통

　위산이 그렇게 독한데도 위가 멀쩡한 것은 점막이 위를 덮고 있기 때문이다. 이 막이 벗겨지면 산은 자기 위를 소화시켜버린다. 세상에, 밥통을 깨버리면 어쩌란 말인가? 숟가락으로 누룽지를 긁다가 솥에 구멍을 낸 꼴이다.

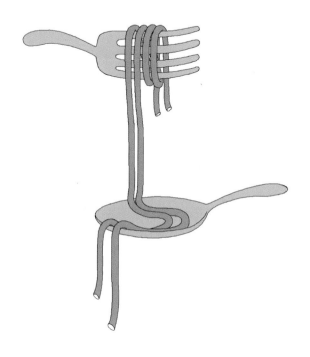

5 짝사랑

스파게티 먹을 때 보면 숟가락은 참 공손하다. 돌돌 마는 포크 밑에서 찍소리 못하고 누워 있을 뿐이다. 아프리카에 사는 어떤 부족의 경우, 시집온 아내가 제일 먼저 하는 일은 살을 찌우는 것이라고 한다. 남편이 사냥에서 돌아오면 몸을 던져 소파가 되기 위해서라는 것. 거짓말이겠지만, 어떤 말은 헛소문만으로도 저렇게 아프다. 비비적대는 포크 밑에서 고개를 못 드는 숟가락도 그렇다. 저 숟가락은 입술 근처에는 가보지도 못했다.

6 밥 먹다가 반성하기

숟가락은 오목거울이어서 우리를 거꾸로 비춥니다.
밥 먹을 때마다 마주앉은 사람의 입장을 헤아려보라는
숟가락의 가르침이죠.

밥 먹다가 내쫓기

한때 유리겔러라는 사기꾼 초능력자가 전국을 떠들썩하게 했었다. 그의 초능력 사기 중에 하나가 숟가락 구부리기였지. 같이 밥 먹던 여럿의 체험담인데, 손끝으로 살살 문지르면 대가리가 뚝 떨어졌다. 그러니 사기꾼이었지. 왜 멀쩡한 숟가락을 망가뜨리고 그래? 식탁 머리에서 밥숟갈 놓고 대체 어디로 가라는 말이야?

8 밥 먹다가 지휘하기

　비빔밥을 만드는 사람의 손은 지휘자의 손 같아요. 그가 든 숟가락은 숟가락이 아니라 숟가락이 달린 지휘봉 같아요. 도라고 할 수 있는 도는 도가 아니듯道可道非常道, 숟가락이라 할 수 있는 숟가락은 숟가락이 아니랍니다. 저건 고추장으로 위장한 음악이에요. 열심히 섞이느라 땀 대신 참기름을 흘리는 저 밥알에게 물어봐도 좋아요.

⁹ 밥 먹다가 소원 빌기

비손은 소원을 담아먹는 숟가락, 손에서 입으로 부지런히 먹을 걸 실어나른다. 정화수 한 그릇으로도 저렇게 배불리 먹는 걸 보면, 헛배라는 말이 어디서 나왔는지 알겠다.

10 밥 먹다가 덜어주기

    계, 아파트 부녀회, 적십자, 상조회, 종친회, 협동조합의 상징 문양은 모두 숟가락이 되어야 할 것이다. 그게 없으면 십시일반十匙一飯이 불가능하니까 말이다.

11 밥 먹다가 훈계하기

　예전에는 문고리에 숟가락을 꽂아서 걸쇠 대신 썼다. 그걸 따고 들어오려는 도둑이 있다면 사실 그런 문 열기가 얼마나 쉽겠는가? 그건 숟가락으로 식은 죽 먹기다, 쫓거나 잡는 대신 점잖게 말해주는 거다. 우리집의 밥숟갈을 그대가 내려놓고 있다고, 이거 털어가야 얼마나 하겠느냐고. 그러면 십중팔구 돌아들갔겠지. 도둑도 다 밥 먹자고 하는 짓인데, 이 숟가락을 들고 뭐 어쩌겠나?

12 젓가락으로 밥알 세기

일본 사람들은 밥 먹을 때 젓가락만 씁니다. 우리는 수저를 다 쓰죠. 숟가락이 없는 문화가 바로 이웃에 있는 거죠. 크게 불편하지는 않다고들 하던데, 나는 참 궁금해요. 도대체 그이들은 계, 아파트 부녀회, 적십자, 상조회, 종친회, 협동조합을 어떻게 운영하는 것일까요?

13 하이쿠와 아이쿠

　우리는 흥이 넘치는 민족이라 밥 먹다가도 곧잘 노래를 부르곤 하지요. 빈 소주병에 숟가락을 꽂으면 마이크가 됩니다. 일본 사람들은 어떨까요? 숟가락이 없어서 그이들의 노래는 그렇게나 짧은 걸까요?

14 삽으로 밥 먹기

혼자 밥 먹는 일은 참 고된 일이에요. 삽으로 떠먹는 밥이 아마 그럴 거예요.

조용히 밥 먹기

"이 소리가 아닙니다. 이 소리도 아닙니다." 용각산 광고는 이렇게 시작한다. "용각산은 소리가 나지 않습니다." 용각산에는 작은 플라스틱 숟가락이 있다. 밥 먹을 때처럼 용각산 먹을 때에도 짭짭, 후루룩 소리를 내면 안 된다. 가래 기침 해소 천식이나 그렇게 시끄러운 거니까.

16 지렛대로 빵 먹기

구둣주걱은 발꿈치를 떠먹고 올가미는 목덜미를 잡아 먹어요. 구멍난 국자가 면발만 먹는다면 모종삽은 흙만 골라먹어요. 햄버거를 먹는 당신의 손은 숟가락이라기 보다는 지렛대로군요. 너무 커서 안 들어가니까, 그렇게 손으로 슬쩍 굴리는 거지요?

17 시장이 반찬이라는 말

    배고픈 입은 숟가락을 흉내낸다. 신기해, 입을 동그랗게 말면 정말 숟가락이 쑥 들어온다. 아, 신이 보시기에 나는 이유기에 막 접어든 것이겠구나. 시장이 반찬이라는 말, 어머니의 손길을 이르는 말이구나.

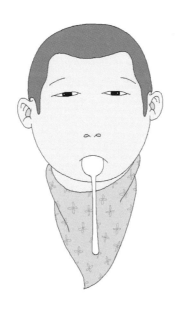

뚜껑
&
마개

세상에, 뚜껑 하나 장만하
기 위해 평생을 살다니!

_____

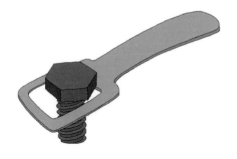

¹ 커플 지옥

　바늘 가는 데 실이 있고 수나사 있는 곳에 암나사가 있
듯, 마개 닫은 곳에는 따개가 있습니다. 커플에도 종류가
있는 걸까요? 실과 바늘이야 본래 천생연분이고 암나사
와 수나사가 오래 산 부부와 같다면, 마개와 따개는 토라
지고 달래는 애인들 같습니다. 상대가 아무리 고개를 돌
려도 그에 열어젖히는 솜씨 좋은 애인이 마개지요. 하긴
망치와 못도 있으니 다른 건 말해 무엇하겠습니까? 머리
끄덩이를 잡고 두들겨도 찍소리 못하는 애인이라니, 솔
로 천국이 차라리 낫겠습니다.

² 사지선다

　자라 보고 놀란 가슴, 솥뚜껑 보고 놀란다는 말이 있
다. 왜 놀랐을까? 자라가 너무 커서일까, 아니면 너무 무
거워서일까? 그것도 아니라면 너무 뜨거운 자라여서일
까? 혹 손잡이 달린 자라여서?

사동과 피동의 차이

일의 내막을 공개하는 걸 뚜껑을 연다고 하고, 분노를 참지 못하고 터뜨리는 걸 뚜껑이 열린다고 한다. 요는 누가 열었느냐 하는 것이다.

4 알리바바와 40인의 짐승남

　함부로 열어선 안 되는 뚜껑들이 있다. 이를테면 브래
지어 같은 거. 지금 생각해보면 알리바바는 마흔한번째
도둑이었다. 그 역시 보물이 숨겨진 문을 몰래 열었으
니까.

버선의 종류

　바닥이 다 해져서 발등만 덮게 된 버선을 뚜께버선이
라 합니다. 뚜껑만 남은 버선이란 뜻이죠. 오래 씻지 않
아서 발등이 새카매진 상태를 때버선이라 하면 그럴듯
하겠죠? 뒤꿈치에 구멍이 난 버선은 조약돌처럼 뒤가 동
그랗게 되었으니 몽돌버선, 여러 번 신어 앞코가 뭉그러
진 버선은 야코죽은버선이라고 합시다. 참 서민적인 버
선들이지요?

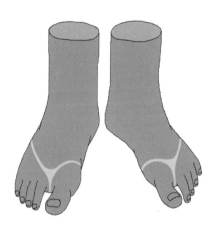

6 사람이 덮개도 아닌데……

식스팩 광풍이 대단하다. 초콜릿 복근이라는 말까지 있다니 아주 난리도 아니다. 초콜릿처럼 잘 배열된 복근이라고 하던데, 그 말을 들을 때마다 해부학 교실이 생각나서 좀 끔찍하다. 인피人皮를 열어젖힌 너머에 알알이 박힌 초콜릿이라니…… 사람이 무슨 금박 포장 같다. 뒤척이면 배꼽을 중심으로 구겨질 것만 같다.

7 봉투는 늘 입에 풀칠을 한다

　내용물을 담고 나면 봉투는 늘 입에 풀칠을 한다. 봉투
를 흥부네 식구 가운데 하나라고 해도 좋을 것이다. 심지
어는 주걱에 붙은 밥알로 봉투를 붙이기도 했으니……

8 봉투는 늘 풀칠한 입을 연다

봉투는 개봉과 밀봉을 반복한다는 점에서 고백의 상징이다. 어린 시절 성적표에 부모님이 그렇게 흥분하셨던 것도 다 이유가 있었던 거다.

⁹ 설상가상

그녀는 떠났어. 이미 엎질러진 물이야. 그녀가 출렁일 때 너는 잘 닫았어야 해. 너는 엎지르지도 않았고 젖지도 않았어. 젖은 것은 다른 남자야. 그러니 질질 짜지도 마. 네가 물걸레야?

10 63으로 원샷하기

    회전문은 병뚜껑으로 치면 트위스트 캡이다. 퇴근 무렵의 63빌딩은 갓 딴 탄산음료 같아서 삼만오천 개의 거품이 여의로에 쏟아져나온다. 벚꽃과 팝콘과 사람 들 중에 누가 제일 많을까? 부동산 다음으로 거품이 많이 낀 곳이 여의서로汝矣西路의 국회의사당과 여의동로汝矣東路의 63빌딩일 것이다.

11 한 귀로 듣지도, 한 귀로 흘려버리지도 않기

어떤 이들은 음악 없이도 이어폰을 낍니다. 음악을 듣기 위해서가 아니라 다른 이의 말을 듣지 않기 위해서죠. 귀마개로 쓰는 이어폰이라니요. 따뜻하지도 않을 텐데요.

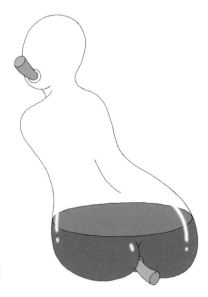

12 입과 항문 사이

위에서 닫는 마개가 있다면, 아래서 닫는 마개도 있다. 와인병을 막은 코르크가 전자라면, 욕조 아래 하수 구멍에 놓인 마개가 후자다. 전자는 술을 익히고, 후자는 때를 불린다. 마개를 놓치면 코르크가 물위를 떠다니고, 욕조 마개를 못 찾으면 때가 물위를 떠다닌다. 그 둘을 입과 항문에 비교해도 좋겠다. 입이 위를 닫는 마개라면 항문은 아래를 닫는 마개니까. 술을 많이 마시면 위로 토하고, 물을 많이 마시면 아래서 설사를 하니까. 잘 닫고 여는 것, 그게 인생이니까.

13 요람과 무덤 사이

    요람과 무덤의 공통점은? 내 의지로 들어가는 게 아니라 누가 누인다는 것. 차이점은? 요람에는 뚜껑이 없으나 무덤에는 있다는 것. 세상에, 뚜껑 하나 장만하기 위해 평생을 살아왔다니!

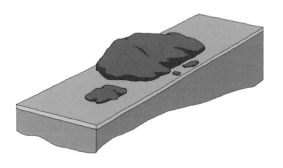

14 시치미의 중요성

보고 싶을 때 눈에 밟힌다고, 눈이 빠질 뻔했다고 너는 말하지. 그래서 안대가 필요하다고 나는 대꾸하지. 그건 맨홀 뚜껑 같은 거라고 혹은 압박붕대 같은 거라고 나는 얘기하지. 그렇게 나는 시치미를 떼지. 그러면 너는 눈을 흘기지. 시선을 옆으로 흘리지. 미처 못 닫은 주전자처럼, 주워 담을 수 없는 안타까운 눈을.

15 행간의 중요성

모자가 사람의 뚜껑이라면 지붕은 집의 뚜껑이죠. 방언하는 어머니는 하늘의 뚜껑을 밀고 있고, 영어 단어 외는 조카애는 대학 문을 열기 위해 무진 애를 쓰고 있죠. 돌아가시기 전에 아버지 이마가 점점 넓어진 것도 비슷한 연유에서죠. 이마에 늘어나는 주름이 바로 행간이었어요. 문 열고 들어가면 거기서 당신은 가계부를 쓰고 계셨던 거죠.

16 민주주의의 중요성

  침묵시위 때에는 마스크를 쓴다. 말할 수 없다는 걸 보이기 위해서 입에 뚜껑을 다는 셈이다. 그렇게 입을 막으면 먹을 수도 없고 키스를 할 수도 없다. 코감기에 걸렸다면, 심지어 숨을 쉴 수도 없다. 민주주의가 없다면 바로 그럴 것이다.

도 넛

엄마를 부르는 아이의 동
그란 입.

_____

¹ 엄마라는 이름의 도넛

구글번역기로 '엄마'를 돌렸더니 이런 소리가 난다. 마마Mama ; 독일어, 러시아, 네덜란드어 등등, 머마M Mamá ; 그리스어, 모므Mom ; 라틴어, 모음Mom ; 스웨덴어, 모뮈아이 ; 아랍어, 맘마தாய் ; 타밀어, 마찌 ; 힌디어, 마마ママ ; 일본, 마마 妈妈 ; 중국…… 어디나 비슷하다. 아이가 입을 떼고 발음하는 최초의 소리가 이 소리이기 때문이다. 엄마가 단어를 아이에게 준 게 아니라 아이의 입이 엄마를 데려다놓은 것. 도넛처럼 입을 다물었다가 동그랗게 떼는 그 조그만 입이.

2 '빵꾸똥꾸'라는 말

가운데 빵꾸난 빵이 도넛인데, 저 운韻 맞춘 말은 빵에서 똥구멍까지 길게 이어져 있구나. 그러니까 "야, 이 빵꾸똥꾸야!"란 말은 '야, 이 입에서 똥꼬까지 길게 이어진 소화기야!' 이런 뜻이 아닐까? 인간을 하나의 거대한 도넛으로 은유하고 있는?

'처묵처묵'이라는 말

　홈페이지에 소개된 한 도넛 매장의 도넛 소개는 이렇
다. "더블 초콜릿 아이스드: 초콜릿 오리지널 글레이즈
드에 초콜릿을 아이싱한 후 화이트 아이싱으로 데코레
이션한 피로 회복과 집중력을 높여주는 카카오가 함유
된 도넛." 외제 설탕과 혀 꼬임 방부제를 잔뜩 뿌린, 어린
지와 함께 먹으면 딱 좋을 그런 빵이다. 잔말 말고 처묵
처묵, 이러는 거 같다.

⁴ 토성을 먹는 방법

 토성의 내부는 제일 안쪽에 암석, 그다음이 얼음, 그다음이 액체금속수소, 그다음이 액체수소로 이루어져 있으며 수소+헬륨으로 이루어진 대기가 있다. 유명한 토성의 고리는 얼음덩어리다. 그러니까 앞의 매장에서 토성을 소개하면 이렇다. "새턴 하이드로겐 글레이즈드: 스톤 오리지널 글레이즈드에 더블 하이드로겐을 아이싱하고 하이드로헬륨으로 데코레이션한 후 눈의 집중도를 높여주는 아이싱을 함유한 도넛입니다." 이거야 원. 다시 한번 처묵처묵.

5 사신死神의 간식

　나는 담배 연기로 도넛도 만들 수 있어. 입을 동그랗게 만 당신이 퐁퐁 동그란 연기를 피워냅니다. 동화책에서 나 볼 수 있는 스위트홈의 굴뚝이 눈앞에 펼쳐집니다. 아 그런데 사실 그건 올가미였어요. 일산화탄소, 니트로사민, 시안화수소, 암모니아, 니코틴, 타르, 석탄산, 포로늄 210, 비소, 크레졸, 싸이나, 벤조피렌, 아크롤레인으로 엮은 아주 질긴 올가미였죠.

⁶ 앨리스의 간식

뫼비우스 도넛을 만든다면 행복해질 것이다. 먹어도 먹어도 끝나지 않을 테니. 클라인씨의 병에 우유를 담는다면 또한 행복해질 것이다. 마셔도 마셔도 줄지 않을 테니.

7 마지막 간식

　모음이 우유의 언어라면 자음은 도넛의 언어다. 목구
멍이 엄마가 되어 혼자 내는 소리가 모음이고 혀와 이와
입술이 자식이 되어 함께 참여하는 소리가 자음이기 때
문이다. 우비흐어Ubykh는 흑해 북쪽 연안에 살던 우비흐
인들의 언어다. 러시아의 침공을 피해 터키로 들어온 우
비흐인들은 정체성을 잃고 터키에 급속히 동화되어갔
다. 테비크 에센크라는 농부가 우비흐어의 마지막 사용
자였다. 이 언어의 특징은 81개의 자음에 3개2개라는 말도
있다의 모음만을 사용하는 언어였다는 점. 81개라니, 혀
와 이와 입술이 참 바빴겠다. 겨우 두셋이라니, 빵 먹는
와중에 목이 꽤나 메었겠다. 1992년 에센크가 죽으면서
81개의 자음도 사라졌다. 세상 마지막 도넛이 사라졌다.

절대 도넛에 대한 기억

제 꼬리를 먹는 뱀 우로보로스는 불멸과 영원의 상징이다. 결혼식장에서 신랑 신부가 서로 교환하는 반지가 바로 이 뱀이다. 그래서 어린아이들이나 노인들이 그렇게 도넛을 좋아하는 걸까? 세상에 오기 전에 있었던, 혹은 세상을 떠난 후에 도착할 그곳에 대한 기억 때문에?

⁹ 동그라미 그리려다 무심코 그린 얼굴

"네 얼굴 속의 얼굴 속의 얼 속의 굴."(정한아) 그러니까 너는 도넛을 그렸구나.

10 손에 묻은 설탕으로만 증명되는 시작 메모

  자신의 모든 시를 한 줄로 압축할 것. 시집을 줄여서 한 편으로, 한 편을 줄여서 한 연으로, 한 연을 줄여서 한 행으로 만들 것. 이것은 실패의 방식으로서만 존재하는 꿈이며, 실패를 통해서만 증명되는 꿈이다. 시인이 쓴 모든 시는 그 한 줄에 대한 전제, 부연, 후일담이 되어야 한다. 그리고 나서 그 한 줄을 영원히 은닉할 것. 마지막 남은 도넛 조각을 꿀꺽 삼키고 모른 척하는 손처럼.

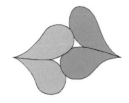

11 입술에 묻은 설탕으로만 증명되는 연대기

입술은 공시태가 아니라 통시태다. 키스 한 번에 입술 하나. 다음 입술을 만나려면 이별을 감수해야만 한다. 키스만큼 밀실의 민주주의를 실현한 사건은 다시없을 것이다. 그것만큼 달콤한 사물은 있지만. 입가에 묻은 설탕처럼 웃는 걸 보니 당신은 방금 달콤한 사태를 겪은 게 분명하구나.

12 우주 도넛

행성들이 태양을 도는 궤도는 일정해서 원반 모양을 이룬다. 행성궤도 너머, 그러니까 명왕성 너머에는 카이퍼 띠라는 도넛 모양의 혜성저장소가 있고, 그 너머에는 오르트 구름이라는 공 모양의 혜성 저장소가 있다. 카이퍼 띠는 2억 개^{추정}, 오르트 구름에는 6조 개가량^{추정}의 더러운 얼음덩어리들이 있어서, 때로 지구를 찾아온다. 덕분에 태양계가 구형球形 도넛 안에 든 일반 도넛 안에 든 원반이라는 사실이 알려졌다. 접시보다 큰 도넛도 있는 거다. 그것도 두 개씩이나.

13 양자택일에 관하여

"커피~ 도넛~" 티브이에 나오는 도넛 광고를 볼 때마다 이런 생각이 든다. 뭐여, 쟤들은 아침부터 불면과 당뇨를 팔고 있구나. 도대체 뭘 고르란 말인가.

¹⁴ 칭기즈칸의 도넛

유전학자들이 조사한 바로는 오늘날 모든 남자의 0.5퍼센트, 중앙아시아에 살았던 조상을 둔 남자의 8.5퍼센트가 칭기즈칸의 자손이라고 한다. 정확히는 칭기즈칸의 아버지인 예수게이의 유전자가 그만큼 퍼진 것이다. 그러니 자손을 많이 두는 방법은 다음 둘 중에 하나다. 세계를 정복하거나, 세계를 정복할 아들을 낳거나. 무서운 일이다. 내 말 맞지? 칸의 아버지가 물으면 수천만 명이 고개를 돌려 OK 사인을 보낼 것이다. 그러니까 뭐냐, 유전적으로 똑같은 도넛들 수천만 개가, 허공에서!

15 어슷 도치에 관하여

구명조끼도 사람을 끼운 도넛이네. 아니 도넛이 사람을 끼운 구명조끼네. 가난한 사람 하나 끼워서 당뇨의 바다로 둥둥 떠가는.

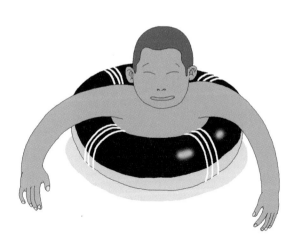

16 도넛 양의 요요현상

　무분별한 둘레길 지정으로 산들이 몸살을 앓고 있다지요? 빙 둘러 만든 포위망 때문에 산허리가 무너지기도 한다고요? 그거, 산에다 너무 많은 도넛을 먹인 거예요. 달콤하다고 자꾸 먹여서 살이 터지고 있는 거예요.

도넛 양의 지구과학

밤마다 그녀는 훌라후프를 돌립니다. 가느다란 도넛
이 그녀의 허리에 감겨 있습니다. 출렁이는 허릿살을 보
니 조수간만의 원리를 이해할 듯도 합니다. 달이 지구를
돌 때마다 지구의 허릿살이 당겨져올라가는 게 파도라
지요? 그러니까 그녀는 지금 철썩이고 있는 것이겠군요.
그녀 바깥의 그가 그녀를 저토록 당기는 것이겠지요. 어
린 시절의 식탐이 지금의 그녀를 만든 것처럼.

¹⁸ 도넛과 성선설

할례가 뱀에서 비롯되었다는 사실은 잘 알려져 있지 않다. 뱀이 허물을 벗고 새로워지듯 아이들도 계속 청신해진다는 거다. 할례가 죄 많은 육신과의 단절을 상징한다는 기독교의 가르침은 틀렸다. 그건 너무 도착적이다. 육신에게는 아무 의지가 없는데 도대체 뭘 잘못했다는 것이며 뭐가 죄라는 것인가? 할례는 그냥 아이에게서 조그만 도넛을 얻어가는 일이다. 그러니까 아이를 무한 도넛 제빵기로 임명하는 것.

19 도넛 군의 자본주의

저 천천히 돌아가는 대관람차야말로 자본주의의 도넛이다. 전망대다 싶으면 어느새 바닥이고 지상이다 싶으면 어느새 허공이다. 보라, 눈치 못 채게 우리를 잡아 물 맷돌로 던지는 자본주의의 기다란 팔들을.

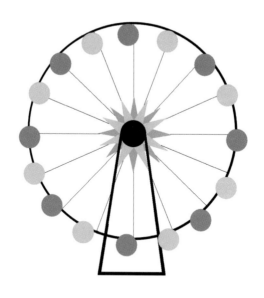

연필

화가가 스케치할 때 여러
번 선들을 그리잖아요? 명
료한 한 선을 잡아내기 위
해서죠. 당신이 그 사람
앞에서 말을 더듬는 것도
그런 까닭일 거예요.

———————————

¹ 스케치의 힘

왜 화가가 대상을 스케치할 때 여러 번 선들을 그리잖
아요? 대상을 보여주는 명료한 선 하나를 잡아내기 위해
서죠. 당신이 그 사람 앞에서 여러 번 말을 더듬을 때에
도 그래요. 당신의 마음을 전하는 가장 분명한 고백을 하
기 위해서인 거죠.

2 '차마'의 힘

　말줄임표는 점점이 흘린 눈물……이다. 차마 다 말하
지도 지나가지도 못한 길이다. 차마車馬라니, 그 사람 하
나도 담지 못했는데.

3 짝사랑의 힘

옆에 찍는 점을 방점이라고 하지. 그건 중요하다는 표시인 건데, 나는 자꾸 그 점旁이 마음으로 보여. 사랑하는 이 옆에 붙어 있는 안타까운 이의 마음. 자신이 사랑하는 이를 중요한 사람으로 만드는 바로 그 마음.

4 물음표와 느낌표는 어느 것이 더 좋은가?

"이런 모습의 영혼도 있었으면 좋겠다 물음표를 물음표가 등뒤에서 끌어안고 있는 모습."(최정례) 두 개의 물음표를 나란히 두면 뒤의 물음표가 앞의 물음표를 끌어안게 되지. 불판 위의 소금구이 대하처럼 같은 곳을 향해 나란히 누운 두 영혼이야. 안고 있는, 혹은 안겨 있는 서로가 그토록 궁금한 거야. 서로가 신비하다는 거야. 아름다운 백허그야. 물음표 대신에 느낌표가 되면 바로 타이타닉 찍는 거야. 하지만 난 물음표가 더 좋아. 타이타닉의 꼿꼿한 느낌표 둘은 끝내 무너졌잖아. 하나는 먼저 죽어 마침표가 되고 다른 하나는 나중에 늙어 물음표로 변했으니까.

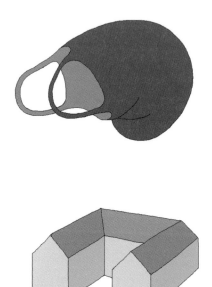

연필과 볼펜은 어느 것이 더 좋은가?

  아프리카 대도시에는 '날아다니는 화장실'이 있다. 아
이들이 똥을 비닐봉지에 담아 지붕이나 골목으로 던져
버리는 데서 유래한 이름이다. 전 세계 슬럼에서 하수 시
설이 된 집은 10퍼센트가 채 안 된다. 변소가 전혀 없어
서 버려진 똥이 지천이다. 낮에는 아무것도 먹지 않는 인
도 여자들이 있다. 다른 이의 눈을 피해, 새벽에 용변을
보기 위해서다. 비유컨대 이것이 볼펜 지나간 자리. 여
기저기 똥이 묻은.

  쿤데라는 예수가 식사는 했지만 똥을 누지는 않았다고
주장하는 종파를 소개했다. 그 종파는 똥에 담긴 외설과
비천을 정시한 게 분명하다. 엉덩이란 똥을 담은 자루가
아니라 눈 코 입을 감춘 얼굴이라는 거다. 인권의 시작은
품위 있게 똥 눌 곳을 제공하는 것이다. 용변 본 자리에 생
수가 강처럼 흐르는 것, 이것이 사람다운 삶이다. 비유컨
대 이것이 연필 지나간 자리. 다른 쪽 끝에 지우개를 단.

⁶ 생각하는 연필

한편으로 인간은 자신의 모든 걸 기록으로 남김으로써 시간을 지배했지요. 다른 한편으로는 그 가운데 많은 것을 지움으로써 시간의 지배를 받지 않게 되었지요. 그러니 기억과 망각이야말로 인간을 대표하는 두 가지 요소라고 할 수 있어요. 지우개 매단 연필이 인간의 자화상이란 뜻이에요.

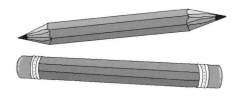

7 눈 나쁜 연필

샤프란 물건, 거 편하긴 한데, 난 여러모로 못마땅합니다. 조금만 힘을 주어도 뚝뚝 부러지질 않나, 흔들면 빈 도시락 통처럼 덜그럭거리질 않나. 가느다란 게 필력筆 力이 약골이라, 시원시원한 맛이 없어요. 필기구란 게 사람처럼 굵고 짧은 맛도 있고 가늘고 긴 맛도 있는 거지. 0.5니 0.3이니 하는 게 다 뭐요? 근시近視만 쓰라고 있는 것도 아니고 말이야.

8 등 굽은 연필

곡필曲筆이란 거, 말도 안 된다. 손이 비뚤어질 수는 있어도 연필과 붓이 비뚤어질 수는 없는 법. 연필 돌릴 줄만 알았지 쓸 줄은 모르는 자들이 만들어낸 진짜 연필 구부리기라니.

⁹ 반통일세력만이 막차를 탄다

전영록 노래 있지? "꿈으로 가득찬 설레는 이 가슴에 사랑을 쓰려거든 연필로 쓰세요." 뭐, 이런 노래. "사랑을 쓰다가 틀리면 지우개로 지워야 하니까." 가사가 이렇게 이어지지만, 내 생각은 달라요. 그 연필은 막차 놓친 연인에게 주어져야 해. 방 한가운데 삼팔선을 긋고 손만 잡고 자겠다고 약속하는 이에게만. 분단을 고착화시키는 것들은 모두 추방해야 해. 지우개 따위 처음부터 필요 없다는 얘기야.

10 어머니의 마음

　도루코 면도날로 연필을 깎아본 사람은 안다. 물결에 밀리듯 공손하게 나무들이 밥을 내오는 것을. 발꿈치의 굳은살을 깎듯 제 몸을 조금씩 내주는 연필의 마음을 어째서 흑심黑心이라고 하는 거냐.

11 번데기의 마음

때 굵기가 연필심만큼 되면 목욕을 한다는 사람을 알아. 평생 탈피脫皮가 꿈인 번데기의 마음이야. 어쩌면 그리도 기록할 게 많았던 걸까. 한 달에 한 번만 조업하는 연필 공장 공장장을 알아.

12 짜리몽땅 군의 일기

어머니의 주름이 가계부라면 아버지의 주름은 외상 장부였지요. 그때는 그걸 기록한 연필이 나라는 걸 몰랐습니다.

짜리몽땅씨의 초상

키 작은 이들은 허리와 목을 뻣뻣이 세워요. 1밀리라도 더 크게 보이려는 마음이 위에서부터 그를 잡아당긴 거예요. 그래도 몽당연필은 몽당연필. 몽당연필은 빈 볼펜 통에 끼워서 써요. 손안에 들기 위해서죠. 그러니까 볼펜 통은 그이 마음에 들기 위한 몽땅씨의 키높이 구두인 거죠.

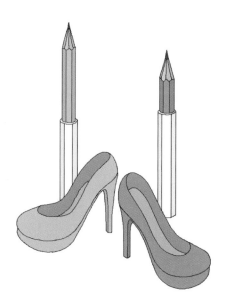

¹⁴ 돌아이의 초상

돌잔치 때 우리 아기는 연필을 잡았어요. 학자가 될 모양이야. 아기 엄마가 호들갑을 떨고 있다. 미안하지만 그 상 위에 이력서, 구겨진 편지, 여름 파카, 타이머 따위는 놓여 있지 않다. 구직자, 실연당한 젊은이, 노숙자, 알바생의 미래는 감춰져 있다는 뜻. 그러니 이렇게 대답해야 한다. 이봐요, 애기 엄마. 아기가 잡은 것은 미래의 자신이 아니라 현재의 결의예요. "자기 운명에 밑줄을 그어가며"(파스테르나크) 읽겠다는 의지 하나인 거죠. 아이를 점쟁이의 자식으로 만들지 말아요.

15 마음의 종류

    그이에게 흑심을 품었다면 당신은 연필이다. 이루 다 적을 수 없어 당신은 무수한 파지를 내게 될 것이다. 그이를 향한 마음이 일편단심이라면 당신은 붉은 펜이다. 이건 옳다, 저건 그르다, 하면서 날마다 그이를 새빨갛게 칠하게 될 것이다. 의심하지 않는 믿음만큼 무서운 건 없으니, 차라리 그이에게 흑심을 품으세요.

¹⁶ 이제는 돌아와 거울 앞에 선……

화장은 보통 펜슬로 마무리하잖아요? 한때 그걸 위장이라 생각한 적이 있어요. 자기 얼굴을 도화지로 여기다니, 뭐 제 몸에 낙서하는 조폭도 아니고. 그런데 이제 알겠어요. 그게 기록이라는 걸. 일기라는 게 일신우일신日新又日新하는 기록인 것과 마찬가지죠. 여자들은 날마다 반성하고 고쳐쓰는 연필 하나를 갖고 있는 거죠.

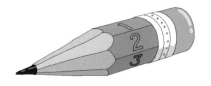

17 건곤일필乾坤一筆

　연필이 육각형인 것은 주사위를 대신해서가 아닐까?
1번에서 6번까지 운명의 제비가 당신을 기다리고 있는
것. 그러니까 글을 쓸 때 당신은 매번 어떤 운명을 선택
하고 있는 것.

18 불로 쓴 문장

빗살무늬토기에 든 무늬는 불에 구울 때 금이 가서 터지지 말라고 그어넣은 것이다. 방진方陣을 편 군사들도, 촘촘한 우중雨中도, 무너져가는 사립문도 아니었던 것. 하지만 불이 지나갈 자리를 미리 인도했으니 그것이야말로 성스러운 길이 아니었을까. 불을 기록하는 연필이 하나 있었으니.

꼬리

우리가 그 사람 앞에서
꼬리를 치는 이유는 꼬리
가 우리를 칠 수 없기 때
문이다.

———————————

1 인어 판별법

"인어는 사람에 가까울까, 물고기에 가까울까?"

"꼬리를 보면 알지. 지느러미가 가로로 나 있으면 사람, 세로로 나 있으면 물고기 편이야. 꼬리지느러미가 돌고래나 고래 같은 포유류는 가로로, 상어나 다랑어 같은 어류는 세로로 나 있으니까."

"이봐, 그럼 가오리가 우리 동족이야? 그냥 가슴만 보면 알 걸 왜 그리 소란이야. 저건 젖을 먹이라고 있는 거잖아?"

2 난자 찾아 삼만리

아저씨들, 예쁜 아가씨 지나가면 맹렬히 꼬리를 치잖아요? 온몸이 두 눈과 꼬리밖에 안 남잖아요? 뇌를 어디에 팔아버리고 호르몬의 근원을 찾아 헤엄치는 거죠? 선사시대보다 오래된 정자精子 시대로 돌아간 거예요.

꼬리뼈의 용도 A

　과학자들은 지구의 물이 혜성이 준 선물이라 생각한다. 더러운 암석과 얼음으로 이루어진 혜성들이 지구와 충돌해서 남긴 흔적이 바다라는 것. 물이 없으면 생명이 살지 못하니 우리는 혜성의 자식들인 셈이다. 혜성은 태양에 가까워지면 태양풍 때문에 긴 꼬리를 갖는다. 그래서 우리도 꼬리를 달고 태어나는 걸까? 사랑하는 이만 보면 흔들리는?

4 꼬리뼈의 용도 B

꼬리가 길면 밟힌다고들 하죠. 어쩌면 알리바이는 그
리움의 다른 표현인지도 모르겠어요. 그의 흔적을 찾아
서, 없는 그를 눈앞에 불러오는 작업이니까요. 이 속담은
다른 속담을 숨기고 있답니다. 그러니까 이 속담은 꼬리
가 길면 눈에 밟힌다의 준말이죠.

⁵ 꼬리는 몸보다 크다 A

교정부호 가운데 돼지꼬리가 있지. 글자를 저 먼 우주로 날려보내는 기호야. 어떤 꼬리는 그렇게 망각을 대신해서 흔들리기도 해. 생각해봐, 저 압도적인 돼지 앞에서 조그만 꼬리가 다 무어냐고 하겠지만, 가끔은 꼬리가 몸을 쓱쓱 지우기도 하는 거야.

꼬리는 몸보다 크다 B

    정체성은 "나는 내가 아닌 자가 아니다"에서 시작해서 "나는 나였던 자다"로 끝난다. 반면 꿈은 "나는 내가 아닌 자다"로 정리된다. 사랑은 꿈의 논리를 둘의 차원에서 반복하는 것이다, 이렇게. "우리는 우리가 아니었던 자들이다." 사랑에 빠졌을 때 우리는 우리의 긴 꼬리다.

⁷ 차가운 꼬리

넌 꼬리가 꽤 길구나. 당신은 문을 닫으라고 괜한 트집을 잡습니다. 미안하지만 서둘러 문을 닫을 수가 없어요. 저는 아직 다 들어오지 않았는걸요. 지금 닫으면 꼬리가 낄 거예요. 찬바람까지 합해서 저예요. 아직 당신 마음에 다 입장하지 않았으니까요.

8 긴 꼬리

그렇다면 저 회전문은 실패 같은 건가요? 끊임없이 꼬리를 감기만 하잖아요.

⁹ 간절한 꼬리

　당신이 그이에게 꼬리를 친다면 바로 그 꼬리가 당신의 존재 증명이다. 꼬리 치는 끝에 반드시 당신의 몸이 있을 테니.

¹⁰ 조그마한 꼬리

마누라 눈꼬리가 용처럼 치켜올라갑니다. 웬 월급이 이리도 쥐꼬리만한 거야? 이 인간, 또 어디서 카드를 긁었어? 한 달에 한 번 이 가정은 용두사미龍頭蛇尾가 아니라 용두서미龍頭鼠尾가 되죠. 사실 카드 없이도 꼬리가 작아진 지는 한참 되었어요. 신자유주의인가 하는 뱀이 들쑤시고 다니는 바람에 집이 쥐구멍이 되었거든요.

11 뜨거운 꼬리

　후후 부는 국물 사이로 소꼬리 하나가 사내의 목구멍으로 들어간다. 엉덩이를 치던 파리채 하나가 부어오른 목젖을 찾아가는 길. 부뚜막에 앉아 울던 그 어린 송아지였나? 엄마, 엉덩이가 뜨거워요. 괜찮다, 애야. 네 끝은 꼬리곰탕이야. 처음엔 뜨거워도 나중에는 뜨거운 탕 속에서 어, 시원하다 외치는 저 사내의 일부가 될 테니. 정들면 지옥이야. 언젠간 미지근한 국물은 쳐다보지도 않게 될 거야.

12 연애가 추리 장르에 속하는 이유

서로 얽힌 꼬리가 옷고름인데, 그녀가 당신에게 마음을 열지 않았다면 그것을 실타래처럼 여러 번 얽어두겠지. 당신은 아주 오래 공을 들여 그 실타래를 풀려고 들거야. 그것은 그녀가 미스터리이기 때문. 꼬리 너머의 몸체에 관해서 도무지 알 수 없기 때문.

¹³ 불굴의 강아지입니다람쥐

　제 꼬리를 물려고 도는 강아지와 쳇바퀴 위의 다람쥐. 귀엽지만 어리석다고 우리는 손가락질하지만 그들이야 말로 불굴의 의지다. 그들에게 발언권을 준다면 이렇게 말할 것이다.

　먼저 강아지 : 우리가 사는 폐쇄된 우주에서는 우주 끝까지 여행을 하면 제 자신으로 돌아온다. 그러니 나는 가장 먼 데까지 달려나간 거야.

　다음 다람쥐 : 뭐야, 날 비웃으려면 동네방네 러닝머신이나 좀 치우고 말해!

¹⁴ 변소가 식당보다 나은 이유

방귀가 엉덩이에서 나온 꼬리라면 비웃음은 입으로 내민 꼬리지. 차라리 방귀가 낫지. 엉덩이는 내다버렸지만, 입은 꼬리만 남겨두고 전부 먹어버렸거든. 입술을 일그러뜨린 이여, 당신은 도대체 무슨 짐승을 삼킨 거냐?

15 꽃뱀도 아니면서……

범고래나 환도상어는 긴 꼬리를 후려쳐서 먹잇감인 물고기를 기절시킨 후에 잡아먹는다. 꼬리를 친다고 해서 다 유혹은 아닌 거다. 맞으면 아주 아픈 꼬리도 있는 거다.

16 꽃뱀이어서……

뱀은 머리와 꼬리만 있다. 꼬리를 잡으면 머리가 물지만 머리를 잡으면 꼬리는 그저 꿈틀할 뿐이지. 꼬리 친다고 꼬리를 잡지 말아요. 그 꼬리의 주인이 누구인가를 먼저 보아야 해요.

꼬리 : 229

투덜이에게도 순정은 있다

말꼬리 잡기를 좋아하는 사람이란 어쩌면 입맞춤을 좋아하는 사람이 아닐까? 남의 말에 자기 말을 덧댄다는 거, 사실은 다른 이의 열린 입에 얼른 제 입을 갖다대는 행동이니까.

¹⁸ 스팸 전화가 그레코로만은 아니지만

　요즘 스팸 전화하는 자들은 자기가 전화를 걸어놓고는 이쪽에서 말할 때까지 침묵을 지킨다. 세상에, 자백을 강요하는 장사치들이라니. 말잇기 놀이도 아닌데, 뒤를 잡아챈 이가 이긴다는 거다.

비행기가 무슨 매파는 아니지만

드라마에서 몇 년이 지나갔음을 암시하는 전형적인 장면. 그가 공항에 도착한다. 비행기가 이륙한다. 비행기가 착륙한다. 그가 게이트에서 나온다. 참 쉽지? 어떻게 그걸 이어붙일 생각을 했을까? 사실 그건 작가나 시청자가 이어붙인 게 아니야. 비행기가 이어붙인 거지. 비행기가 하늘을 날 때 뒤에 그어둔 비행운, 그게 이곳과 저곳을 연결한 거야. 힘겹게 먼 땅을 연결하는 길고 하얀 선이야.

발 없는 말은 어디든 간다

경마장은 자본주의의 표상이다. 더 빨라져야 하는 말들의 악무한 때문만은 아니다. 트랙이 잉여가치의 입자가속기인 것은 분명하지만, 내가 보는 이는 기수들이다. 최고 속도를 내기 위해서 기수는 점점 더 작아져야 한다. 자본과 인간의 관계가 그렇지 않은가? 말꼬리에 대롱대롱 매달려가는 인간이라니.

21 구미호 놀이

줄넘기. 자기 꼬리로 자신을 넘기. 넘을 수 없는, 넘어
서는 안 되는 선을 이토록 많이 넘었는데 왜 아직도 제자
리인 거냐.

글 자

'너'를 뜻하는 절대기호
가 있었으면 좋겠다. 다른
표시와 호환되지 않는 기
호가.

———————————

알파벳의 원형은 이집트 문자다. 이집트 문자에서 초기 알파벳으로 전이된 형태를 보니 A는 소머리, E는 팔 든 사람, M은 물결, N은 뱀, O는 눈, R은 머리통에서 온 것이더군. '너'를 뜻하는 절대 기호가 있었으면 좋겠다. 다른 표시와 호환되지 않는 그런 기호가.

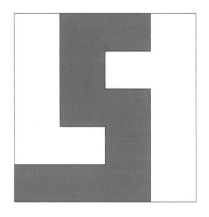

2 지워진 글자

    조선시대에도 책 대여점이 많았다. 필사한 후 제본하여 빌려주는 세책본들은 앞면 마지막 두 행, 뒷면 첫 두 행에 글자를 한두 자씩 덜 썼다. 넘길 때 침 묻히는 그 자리다. 여러 사람이 침 바른 자리의 글자는 뭉개지니까. 소문이란 그런 것이지. 처음부터 줄여서 생각하지 않으면 안 되는 거지.

3 노골적인 글자

〈짝〉이란 프로를 보고 꽤나 놀랐다. 노골적이란 바로 이런 것이구나. 저건 짝짓기의 준말이네. 남자 1호가 애정촌에 들어가 여자 3호와 하악하악. 뭐 문명의 기반이 바로 그것이니까. 누가 묻는다. 그거 짝꿍의 준말 아네요? 아뇨, 짝꿍과는 데이트 안 해요. 짝꿍과 가는 곳은 우정촌이에요.

꾀죄죄한 글자

선교사들은 복음을 전하기 위하여 먼저 '죄'라는 단어를 가르쳐야 했다. 구원을 받으려면 먼저 구렁텅이에 빠져야 했기 때문. 신기하기도 하지, 죄라는 글자를 만들면 거기에 죄의식이 흘러든다.

⁵ 거대한 글자

　히말라야의 깎아지른 산들, 그 거칠고 가파르고 성마른 기울기는 전부 눈과 유빙이 만든 것이다. 그 너머가 티베트. 누군가 차갑고 거친 붓으로 줄줄 써내려간 글씨다. 가슴에 말 못할 길이 났다고? 동굴 같은 게 파였다고? 그대를 깎아낸 크고 무겁고 차가운 슬픔이 있었던 것이다. 눈물도 지나가지 못하는, 그 너머는 까마득한 황야다.

6 부모라는 글자

어머니 'ㅁ' 소리가 양순비음兩脣鼻音이라면, 아버지 'ㅂ, ㅍ' 소리는 양순파열음兩脣破裂音이다. 전자가 입을 떼면서 다정하게 안기는 소리라면, 후자는 입을 떼면서 터져나오는 소리다. 그러니까 갓난아이의 첫말은 이런 뜻. 엄마, 안아줘요. 아빠, 나가서 먹을 것 좀 구해와요.

7 몸에 새긴 글자

문文은 본래 문신을 하고 예를 거행한 사람, 곧 무당을 뜻했다. 글이란 몸에 새기듯 정성껏 써야 한다는 말이지. 그러니 용호상박을 제 몸에 구현한 깍두기 아저씨들은 얼마나 열심히 공부를 한 걸까?

⁸ 갈 수 없는 나라

이스터 섬에는 두 개의 명물이 있다. 대두大頭로 유명
한 석상이 하나라면, 롱고롱고 문자가 다른 하나다. 대단
히 아름다운 상형문자인데 그간 뜻이 알려지지 않아서
더욱 아름다웠다. 실전失傳의 기호야말로 유토피아를 가
리키는 손가락이니까. ☞ 표시를 따라갔더니 어디에도
이르지 않았고 아무도 만날 수 없었다면 바로 거기가 유
토피아다. 그 문자들이 모두 해독되었다는 슬픈 소식을
전한다. 우리가 아는 유토피아 하나가 없어졌다.

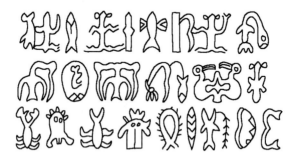

⁹ 누군가의 잔잔한 가슴에 짱돌을 던지는 이유

아프리카 요루바족은 조약돌로 의사를 표시한다. 남자가 돌 여섯을 남겼다면 '그대가 매력적임. 관심 있음'이란 뜻이요, 여자가 돌 여덟을 남겼다면 '그 관심에 관심 있음. 만남에 동의함'이란 뜻이다. 우리는 돌멩이로도 연애편지를 쓸 수 있다구, 유후.

10 색안경을 끼고 피카소를 봐야 하는 이유

르네상스에 원근법이 도입되었을 때 음악에서는 화성이 생겨났다. 2차원에 3차원을 도입하는 두 개의 방법론이었던 것. 사백 년 후 입체파가 등장할 때 화성도 흐트러지기 시작한다. 3차원을 접수한 2차원의 반격이었던 것. 음악에도 미술에도 3D기법이 있었던 셈이다. 글자로 치면 2차원에 숨어 있는 매직아이라고 할까.

11 캥거루들이 폴짝폴짝 뛰는 이유

악보란 음악의 글자를 표기한 공책이며, 음정은 음악의 기본 문법_{글자 배열법}이다. 서양음악에서는 한 옥타브가 12음으로 이루어져 있지만, 그건 오래된 체계도 일반화된 체계도 아니다. 인도에는 22음정이, 중동에는 24음정이 있다. 동양음악은 보통 5음이다. 심지어 호주 원주민들은 상하 두 개의 음정만으로도 음악을 만든다. 우리는 음치들의 복지사회라구, 유후.

해부학 교실에서 글자 공부하기

심장은 왼쪽에 있다. 열정과 이상이 진보의 몫이란 뜻
이다. 간은 오른쪽에 있다. 보수는 묵묵히 공동체를 유
지하는 일을 한다는 뜻이다. 문제는 이른바 수구꼴통들.
공동체 자체를 파괴하려드는, 간이 배 밖으로 나온 자들.

13 와이키키 해변에서 글자 공부하기

하와이는 인종의 용광로다. 전 세계 사람들이 여기서 자유롭게 통혼한다. 결과는? 인종차별이 사라지고 있으며 건강체들이 태어나고 있다. 교과서에서 단일민족이라는 말만 사라져도 세상이 꽤 좋아질 것이다. 하와이에 가고 싶은 이유가 하나 더 생겼다. 자, 다 같이 써보자.

사해동포주의.

타자기로 위문편지 쓰기

"괜, 찬, 타, ……/ 괜찬타, …/ 괜찬타, …/ 괜찬타, …//
끊임없이 내리는 눈발 속에서는"(서정주) 정말 괜찮을
까? 이건 따귀 때리는 소린데?

반복
반복　반복　반복　반복　반복　반복　반복
반복반복　반복　반복　반복반복　반복
반복　　반복　반복　반복반복　반복　반복
반복　반복　반복반복　반복　반복
반복반복반복　반복　반복　반복　　반복
반복　반복　　반복　반복　반복
반복　반복　반복　반복반복　반복　반복
반복　반복　반복반복　반복　반복　반복
반복　반복반복　반복반복　반복　반복
반복　반복　반복　반복반복　반복　반복
반복　반복　반복　반복　반복　반복
반복　반복반복　반복　반복　반복반복　반복
반복　반복　반복　반복　반복　반복　반복
반복　반복　반복　반복　반복반복　반복
반복　반복　반복　반복　반복　　반복
반복　반복　반복　반복　반복　반복
반복　반복　반복　반복　반복　반복
반복반복　반복　반복　반복　반복

¹⁵ 고전적으로 반복해서 쓰기

구원은 반복에서 온다. 똑같이 따라하는 제스처만이 새로운 경지를 열어젖힌다. 눈이 멀어 물에 빠진 심봉사를 대신해서 물에 뛰어든 심청이가 아버지 눈을 뜨게 했고, 거북이 등을 타고 죽으러 간 토끼가 거북이 등을 타고 사지에서 빠져나왔다. 감옥에 있던 춘향을 구원한 것은 변학도의 감옥행이다. 놀부는 흥부의 박 타기를 흉내 내다가 영혼의 구원을 받았다. 왜 그런가? 두번째 행동은 첫번째 행동에 상징적 의미만을 덧붙이는 무無의 부가 작용이기 때문이다. 상징은 본래 상징하는 것과 상징되는 것 사이의 괴리, 다름에서만 성립한다. 반복은 같음을 두 번 하는 게 아니라 다름을 두 번 하는 것. 무, 곧 상징적 작용만을 더함으로써 다름의 파워를 가동해야 하지. 그래서 우리가 영어 단어나 수학 공식을 외울 때 그토록 새카맣게 밑줄을 치면서 깜지를 만들어 쓰고 또 썼던 거야.

16 청춘의 독서

목성의 위성인 가니메데와 칼리스토의 표면은 달처럼
울퉁불퉁하고 늙었다. 충돌 자국이 그대로 남아서다. 다
른 위성인 이오와 유로파는 매끈하고 젊었다. 활화산이
표면을 거듭 포장하기 때문이다. 청춘이 빛나는 것도 그
런 뜨거움 때문이겠지. 모래 위에 쓴 글씨를 바람과 파도
가 거듭해서 지우듯, 용암으로 덮고 다시 덮는 기록이야.
늘 새롭게 시작하는 기록이야.

¹⁷ 탱글탱글한 독서

탱고는 아르헨티나의 생선 공장 노동자들이 모여 만든 춤이다. 아프리카의 노예 음악, 쿠바의 춤곡, 아르헨티나 목동의 연가를 합쳐 만들었다. 처음엔 천한 이들의 더럽고 음탕한 곡이라 손가락질을 받았지. 그러나 곧 세계를 제패하는 노래가 된다. 탱고는 '가까이 다가서다, 만지다'란 뜻에서 나왔다. 토막 난 생선 신세였던 노동자들이 물을 만난 물고기처럼 삶의 근원에 끌려가 만든 노래다. 음악을, 서로를, 삶을 어루만지는 노래였던 셈.

당 신 을 사 랑 합 니 다 내 가

¹⁸ 이타적인 독서

아마존 소수민족 언어인 힉사카리아나는 목적어+술
어+주어의 어순을 갖는다고 한다. 겸손하게 상대를 먼
저 호명하는 언어다. 그러나 사용자가 1970년대에도
350명 안팎이었으니, 지금은 사어가 되었을 것이다. 이
시대의 겸손이 처한 운명도 그렇게 될까.

앵무새의 독서

"내가 배재학당을 택한 건 오직 영어를 배우겠다는 야심 때문이었다."(이승만) 제 자신을 냄새나고 조그마한 황인종 안에 갇힌 미국인으로 여겨온 권력자들의 역사가 있다. 멀쩡한 우리말 '오렌지'를 놔두고, 뜻도 모르고 음절도 형태소도 없는 '어륀지'가 맞다고 우기는 노랑 앵무새의 역사가.

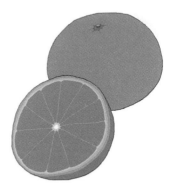

글자 : 259

읽을 수 없는 독서 A

　예언자 무함마드는 문맹이었다고 한다. 천사 지브릴이 그에게 신의 말을 전했다. 지브릴에게는 신의 책_{인간이 읽을 수 없는 신의 말로 쓰인 책}이 있었다. 이 원본을 '책의 어머니'라 부른다. 문맹과 신의 언어는 통한다. 둘 다 읽을 수 없다는 점에서, 그리고 모든 기록의 원형이라는 점에서.

읽을 수 없는 독서 B

파이스토스 원반은 세상에서 가장 오래된 책이다. 원반 양면에 나선형으로 정렬된 242개의 기호가 적혀 있는데, 아직 해독되지 않았다. 그러니 그건 세상에서 가장 오래된 수수께끼다. 어쩌면 그건 가장 오래된 농담이 아닐까? 제작자가 뜻 없이 그려넣은 무의미. 무의미보다 오래된 의미란 없을 테니.

글자 : 261

22 그리운 missing 미싱 mishin

"혀끝에서 문장들이 박음질된다"(이혜미), 그게 헛바늘이란다. 미싱을 박듯 쏟아져나온 고백이 제 혀를 꿰매는 고백이 되는 건 그 고백의 대상을 잃어버렸을 때다. 잃어버려야 그립다. 아름다운 동어반복.

23 그리운 디제이

그 많던 디제이들은 다 어디로 갔을까. 빛나는 주크박스 안에 앉아 중저음의 고백과 가끔 날리는 윙크와 실제로 건네주는 서비스 콜라로 청춘을 지배하던 밤의 제왕들은.

책읽기 약사略史

고대에 글은 소리내어 읽는낭송 수단이었다. 말스피치에 종속된 것이었기 때문. 중세에 글은 속으로 읽는묵독 대상으로 변했다. 영혼의 언어였기 때문. 근대적 글의 속성은 자기증식이다. 최초의 의도에서 풀려나 제멋대로 자라기 때문. 그래서 보고 싶은 사람이 있을 때 고대에는 주문을 외웠고 중세에는 기도를 했지. 근대에는? 헛소리를 하는 거야. 내 마음 나도 몰라. 내가 왜 그이가 보고 싶은지 몰라. 그냥 너와 어디든 망명하고 싶은 거야, 이렇게.

25 소 뒷다리로 쓴 '쥐'라는 글자

최초의 타자기는 빨리 치면 식자가 엉켜서 천천히 치라고 엉터리로 자판을 배열했다. 지금 쓰는 영문 자판이 그때 배열이다. 'Qwerty' 같은 엉터리 글자가 생긴 이유다. 그런 글자 없다고? 아니 실제로 있다니까! 'BBK' 같은 엉터리도 있는 판국에.

26 열 번 찍으면 열 번 아프다

유럽 최초의 문자에 해당하는 선상문자 B를 해독하기 위한 열쇠는 단모음 a가 '양날도끼'를 표시하는 기호였을 거라는 추측에서 나왔다. 그건 최초의 문자가 감탄사에서 왔다는 뜻이 아닐까? 도끼질 할 때마다, "아, 아야, 아파" 이렇게 말했을 테니.

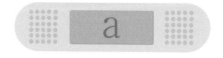

²⁷ 미국산 원숭이 이야기

이 세계화 시대에 가장 바보는 미국인들이다. 그들은
모국어로 말해도 어디든 통하니까. 어설픈 원숭이인 줄
알았던 제3세계인들이 그 어눌한 말속에 얼마나 깊은 생
각을 숨기고 있는지 그들은 끝내 모르리라. 비교할 수 있
는 다른 글자가 그들 머릿속에 없기 때문.

28 부모님께 쓰는 편지는 왜 그렇게 오래 걸리나?

세상에서 가장 복잡한 문자는 마야 문자다. 소리와 형상의 결합이었던데다가 한 음가를 나타내는 기호가 어떤 것은 열 개에 이를 정도로 복잡했다. 디자이너들의 문자였던 셈. 오늘은 '고향에 계신 부모님께'까지 썼으니 내일부터 한 달 동안 본문을 써야지.

²⁹ 일기는 어디에 두어야 하나?

『피터 래빗 이야기』를 지은 베아트릭스 포터는 자신이 고안한 비밀 문자로 일기를 썼다. 그녀는 일기 중간에 "아무도 이걸 읽을 수 없을 거야"라고 자신했지. 9년에 걸쳐 한 언어학자가 암호를 풀었다. 자기 일기를 아무도 안 보길 희망했다면 그녀는 보통 글자로 써서 식탁 위에 두었어야 했지.

지 도

연인이 헤어지면, 한 사람
이 떠나고 한 사람이 남으
면 둘은 지도제작자가 되
지.

_____

1 동방박사와 일곱 난쟁이

    동방박사가 세 사람이라고 상상한 것은 이들이 유럽, 아시아, 아프리카를 대표한다고 생각했기 때문이다. 아메리카가 발견되고 나서 이들을 그린 그림에는 시동 하나가 슬그머니 끼어든다. 그러면 호주는? 인도는? 마다가스카르는? 나머지 땅꼬마들은?

2 절대 지도에 대한 추억

　모든 지도의 궁극적인 모형은 『산해경』과 『신곡』이다. 『산해경』과 『신곡』은 가지 않은 곳과 갈 수 없는 곳에 대한 지도이며, 상상 가능한 것과 불가능한 것에 대한 지도이며, 내면의 내면 곧 무의식에 대한 지도이며, 죽은 자들에 대한 기록 곧 기억술에 대한 지도다.

게으름뱅이의 고백

　도서관을 하나의 우주라고 부르는 건 유한한 기호로
무한한 세계를 담아냈기 때문이다. 그러니까 도서관은
지도였던 거네. 젊어서부터 나는 지도 밖으로 행군했던
거야.

₄ 오줌싸개의 고백

이불에다 지도를 그린 기억, 다들 있죠? 부모님이 소금 얻어오라고 옆집에 보냈던 적 있죠? 소금은 바다에서 나는 거잖아요? 그러니까 부모님은 지도에 그려진 나라에 다녀오라고 우리를 항해 보냈던 거죠. 우리는 그때 육대주六大洲도 아닌, 미지의 땅을 찾아나선 모험왕들이었던 거예요.

지도 : 275

5 우주 연합 음모론

올림픽기는 흰색 바탕에 왼쪽부터 파란색, 노란색, 검은색, 초록색, 붉은색의 다섯 개 고리가 얽힌 모양이다. 이 고리들은 올림픽 정신으로 뭉친 다섯 대륙을 나타낸다고 하는데, 내 생각에는 인종을 나타낸다고 보았던 사람들의 오해가 맞는 것 같다. 사실은 백인바탕색, 황인노란색, 흑인검은색, 홍인붉은색에 헐크초록색 같은 괴물들, 나비족파란색 같은 외계인들까지 포함한 고리였던 거지. 이건 전 우주적인 연합의 상징이라고.

⁶ 설상가상 음모론

　왜 거꾸로 된 세계지도 있죠? 태평양을 중심에 두고 남
쪽을 위에 둔 지도요. 도를 아느냐고 묻는 분들이 세계의
대운大運이 한반도에 있다고 설파할 때 내세우는 지도 말
이에요. 사실은 호주에서 만든 거예요. 스튜어트 맥아더
란 사람이 1979년에 제작한 〈수정본 세계지도〉인데요,
목적을 이렇게 밝혀놓았어요. "남반구는 더이상 아무 노
고도 인정받지 못한 채 북반구를 짊어진 채 비천함의 구
덩이에서 허우적대지 않을 것이다. 이제 남반구가 부상
한다. 호주 만세, 세계의 지배자여!" 어휴, 히틀러 떠나니
까 스탈린 도착한 셈이네요. 미국도 호주도 세계 정복의
꿈은 못 버렸어요.

지도 : 277

7 연인들의 대동여지도

연인이 헤어지면, 한 사람이 떠나고 한 사람이 남으면 둘은 지도 제작자가 된다. 하나가 누비이불처럼 세상을 재고 다닐 때 다른 하나는 그것들 사이의 상대적인 거리를 재는 기준점이 된다. 둘은 멀리서 서로에게 외치는 것이다. 이쪽은 와보니 너무 험한 곳이야, 그대는 오지 마. 뭐 이러면서.

8 화장실로 성지순례 가기

　중세 유럽에는 TO지도가 유행했다. 둥근 원 안에 T자를 긋고, 위쪽을 아시아, 아래 왼쪽을 유럽, 아래 오른쪽을 아프리카로 표시한 지도였다. 예루살렘을 세계의 중심에 두기 위한 꼼수가 유감없이 발휘된 지도지. 문제는 머리가 엄청나게 큰 지도였다는 데 있었지. 거기서 페르시아, 이슬람, 몽골, 중국인들이 계속 쳐들어왔거든. 이건 뭐, 대두증 걸린 세계도 아니고. 차라리 예루살렘을 머리가 아니라 배꼽이라고 할 걸. 그러면 아시아가 그렇게 큰 게 이해가 쉬웠을 텐데. 대신에 이렇게 하면 유명한 화장실 낙서처럼 변하기는 해. 전국의 모든 남자 화장실에 그려진 WXY지도, 거기서 위쪽이 조금 지워진 그런 지도 말이야.

⁹ 원뿔도법의 정체

'백성百姓'은 본래 귀족을 부르는 말이었다. 귀족만이 성이 있었기 때문이다. 물려줄 게 있어야 자식에게 꼬리표를 붙이는 법이다. '인人'도 그랬다. 한편 '민民'은 애꾸눈 포로를 뜻하는 말이었다. 사람을 애꾸로 만들면 거리 감각이 떨어져 전투는 치르지 못하지만 일하는 데에는 지장이 없었기 때문에 잡은 자들의 한쪽 눈을 망가뜨린 것. 가진 자들에게는 인과 백성만 사람이고 민중이란 애꾸눈 짐승에 지나지 않았다. 북극에서 본 남극이라고나 할까. 초점만 보이고 초점 바깥의 형상은 극단적으로 일그러지다가 건너편 형상은 아예 사라지는 그런 시야였던 거다.

10 수저 철학

나침반의 초기 형태를 사남司南이라 부른다. 자성磁性
을 띤 돌 수저를 방위가 표시된 판 위에 놓으면 수저의
손잡이가 남쪽을 가리키게 된다. 이렇게 고안된 돌 수저
를 사남이라 부른다. 방향을 가리키기로는 나침반이 더
정확하지만, 사남이 더 철학적인 거 같아. 숟가락이 가리
키는 곳에 우리 삶의 방향이 있는 거잖아?

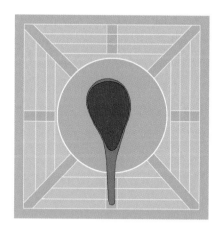

11 천원지방? 천방지방!

천원지방天圓地方이란 말이 있다. 중국의 옛 지도책인 『주비산경』에 나오는 말로 "하늘은 둥글고 땅은 네모나다"란 뜻이다. 원래 이 말은 "하늘은 움직이고 땅은 고정되어 있다"는 의미였지. 하늘과 땅의 이치를 설명한 철학적 진술이었던 거야. 하늘이 움직이고 땅이 고정된 것은 우리가 움직이는 공인 땅에 매여 있기 때문. 장난꾸러기 신이 우리를 더 큰 공태양에 매달아 홈 파인 원반 위로 굴렸기 때문에 일어난 일이다. 신은 왼손잡이인 게 분명해. 매번 지구를 서쪽에서 동쪽으로만 돌리시잖아?

12 메르카토르도법의 정체

지구를 원통에 넣고 안에서 빛을 쏘면 원통에 육지의 그림자가 비쳐요. 가까운 아래쪽은 형상이 제대로지만 먼 위쪽은 아주 커져요. 그래서 그린란드가 남아메리카보다 크죠. 실제 크기가 중요한 게 아니에요. 내게 먼, 어떤 이들은 그렇게 커 보이는 법이죠. 타는 마음이 만들어 낸 형상이에요. 메르카토르란 사람, 오래 짝사랑에 빠졌었나봐요.

춘향과 홍길동과 심봉사는 어디에 사는가?

축척은 세계관이지. 다대일 축척으로 세계를 보는 사람은 상징주의자다. 하나로 여럿을 말아쥔 사람이기 때문. 일대일 축척을 고수하는 사람은 현실주의자다. 사실에는 과장도 과소도 없기 때문. 일대다 축척을 가진 이는 낭만주의자다. 대상에서 여러 모습을 보기 때문. 춘향이처럼 사랑에 빠진 이가 낭만주의자인 것은 이런 이유. 홍길동처럼 축지법을 쓰는 자가 상징주의자인 것은 저런 이유. 그럼 심봉사는? 당연히 현실주의자지. 3백 석을 내고 시력을 되찾았으니까. 둘이 봉사 하나를 이기지 못한다고. 유 윈이야.

14 옴팔로스_{세계의 배꼽}는 어디에 있는가?

　사랑과 스토킹의 차이는 기준이 누구냐에 있다. 사랑의 기준은 상대방이다. 그래서 상대가 죽으면 따라 죽는 슬픔이 왕왕 있는 것이다. 스토킹의 기준은 자신이다. 그래서 상대가 마음에 안 든다고 죽이는 독기가 자주 있는 것이다.

15 옴팔로스 세계의 배꼽는 도처에 있다

오리노코 강 유역의 투카노Tukano 족은 마을마다 다른 언어를 쓰며, 같은 말을 하는 사람끼리의 결혼을 근친상 간으로 규정한다. 그래서 이들은 통상 열 개 이상의 언어 를 안다. 세계화란 한 언어로의 통일이 아니라 여러 언어 의 평등한 교환이지. 팍스 아메리카나, 팍스 시니카는 세 계화가 아니라 변두리화라고.

지도 : 287

16 '나와바리'를 표시한 지도

왜 동네마다 '바르게 살자'를 새긴 큰 돌을 갖다놓았을까요? '바르게살기국민운동본부'란 게 있다니 너무 신기해요. 나쁜 짓 하지 않았으니 난 바르게 사는 건데, 저이들은 왜 당연한 말을 갖고 저를 협박하는 걸까요? 아마 근육을 씰룩일 때마다 같이 꿈틀대는 '차카게 살자' '영희는 내 꺼야' 뭐 이런 문안을 저 돌에 새긴 거겠죠? 개나 고양이가 오줌을 싸서 자기 영토를 표시하듯, 여긴 내 나와바리야, 이렇게 말하는 거겠죠?

17 '베들레헴'을 표시한 지도

　요즘 시내버스 절반이 비어져나온 뱃살을 옆구리에 붙이고 다닌다. 징그럽다고 내세우는 혐오 광고인데, 그 의도가 더 징그럽다. 뱃살 좀 있으면 안 돼? 내 배에 대한 명예훼손이라구. '뱃살만 잡겠다'니, 니들이 내 배를 왜 잡아? 이 성추행범들아!

18 샴푸 가게가 표시된 지도

　샴푸 선전을 볼 때마다 할머니 생각이 난다. 생전에 티브이를 볼 때마다 "저년은 왜 만날 머리만 감아?" 그러셨지. 할머니, 그곳에서도 머리는 감으시는지. 희고 듬성듬성하고 가는 머릿결을 한번쯤 다시 보고 싶은 저녁이다.

마주보고 눕는다는 것

"왜 네덜란드의 바닷가에 밀려오는 주인 없는 신발들은 왼쪽이 오른쪽보다 두 배가 더 많을까? 그리고 스코틀랜드의 바닷가에 밀려오는 신발들은 그 반대일까?"(스티브 존스) 때로 자연은 난센스를 좋아해. 이건 지도를 보면 알아요. 북해를 사이에 두고 둘이 서로를 마주보고 있거든. 둘이 견우직녀는 아니지만 때로 그리움은 몸보다 신발을 먼저 보내기도 하지.

거울

거울이 하나 있으면 현실
은 두 배가 되지만 거울을
맞대면 현실은 무한대가
된다. 거울이야말로 평행
우주의 상징이지. 당신도
다른 삶을 꿈꿀 때면 그렇
게 거울 앞에 앉곤 하잖
아?

_____

1 거울은 왜 자기애의 형식인가?

　자기애란 '나는 나를 사랑해'로 요약되지. 사랑하고 있는 상태가 주어인 '나'가 성립하기 위한 전제이므로 주어 '나'는 내 사랑의 결과로서만 생겨난다. 그런데 사랑하기 위해서는 목적어 '나'가 있어야 하므로 주어인 '나'는 제 자신을 설정하기 위해서 목적어 '나'에게 가상의 나를 대출해준다. 이 세번째 '나'주어도 목적어도 아닌 '나' 야말로 순수한 텅 빈 형식이며, 주어인 내가 목적어인 나와 대면하기 위해 필요한 것이다. 거울은 이 세번째 '나'다. 나는 거울 속의 나를 사랑하는 게 아니라 거울을 사랑한다. 이것이 자기애 속에 숨은 진짜 비밀인 거지.

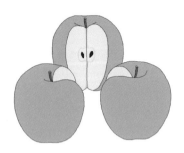

² 샤워한 다음에 그냥 나오기

"계급은 좋은 점이 하나 있다. 옷을 벗으면 잠시 사라
진다."(허연) 에덴이 평등했던 단 하나의 이유가 그거예
요. 거울이 없었거든요.

3 하이힐 신고 화장 고치기

베르사유 궁전에는 화장실이 없었다고 하지. 귀족들
은 정원에 들어가서 재주껏 생리현상을 해결해야 했는
데, 여기서 하이힐이 유래했다고 해. 도처에 널린 똥오줌
을 피해야 했기 때문이지. 한껏 세운 여자의 자존심, 그
기원에는 이런 마음이 있어. 화장실이 없으니 얼굴을 고
칠 수가 없어. 조심하자, 잘못 나서면 똥 밟는다구.

4 애만 아니면 너하고 안 살아

아이는 어른의 거울이라는 말 있지요? 그거 비유가 아
니랍니다. 아빠와 엄마를 반씩 섞은 얼굴이 아이 얼굴이
잖아요. 엄마는 아빠를, 아빠는 엄마를 마주보며 서로를
열심히 닮아갔지요. 그래서 파경破鏡을 막는 데에도 아이
가 으뜸이었던 거죠. 아이를 어떻게 깨뜨리겠어요?

5 거울의 앞과 뒤

  진시황은 당시의 도사들이 불사약으로 추천했던 수은을 섭취한 바람에 제국을 순행하던 중 급사했다. 그의 명을 받아 동남동녀 삼천과 불사약을 구하러 출항했던 서복은 그길로 달아나 일본이나 제주도 어디쯤에서 왕이 되었다고 한다. 그뒤의 행적은 알 수 없다. 불사의 비밀은 역사 밖으로 걸어나가는 것이었지. 수은을 칠한 거울의 뒷면, 그 캄캄한 곳으로. 역사에 기록된 위인보다 민중이 세상의 주인일 수밖에 없는 이유도 그것이지.

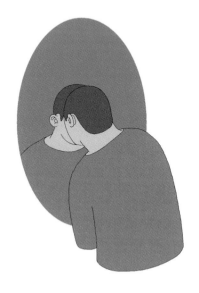

거울의 안과 밖

허공이라고 쓰면 그냥 빈 곳인데 공허라고 쓰면 거기
에 쓸쓸이 고인다. 같은 말인데 왜 그럴까? 허공은 명사
에 지나지 않지만 공허는 형용사가 되기 때문이겠지. 공
허하다란 말은 있지만 허공하다란 말은 없으니까. 거울
을 보는 사람과 거울 속에 뛰어든 사람의 차이.

⁷ 이제는 돌아와 거울 앞에 선

가을입니다. 전어가 토실토실해지는 계절이군요. 전어 얘기만 하면 어머니는 꼭 집 나간 며느리⋯⋯ 얘기를 꺼내십니다. 어유, 어머니. 며느리 가출했다 돌아온 지 스무 해도 넘어요. 전어는 반짝이는 게 죄다 은빛 물결입니다. 가을 수면의 반짝임을 그대로 퍼온 거울이지요. 어머니 말씀은 이런 거겠죠? 며느리, 반짝이던 한 시절로 돌이킬 거라는 거. 여보, 당신, 사랑해요⋯⋯ 같은 말을 기억할 거라는 거.

아직은 돌아와 거울 볼 나이가 아닌

한밤을 울음으로 관통하는 청춘이 있구나. 가늘고 길게 터널을 내는 소리가 먼 데서 들린다.

⁹ 동그랗고 정신없는 거울

　그대와 손잡고 노래방에 갔어요. 미러볼이라고, 이상
한 거울 하나 거기에 있더군요. 하긴 거기서 무슨 옷매무
새 바로잡을 일이 있었겠어요? 탬버린은 내 소리를 흩어
버리고 미러볼은 내 모습을 흩었죠. 그렇게 그대 앞에서,
고래고래, 기절하고 싶었어요.

10 아주 기다란 거울

슬픔은 강물 비슷하다. 하구에서 부는 바람 때문에 강물은 대개 거꾸로 흐르는 것처럼 보인다. 그대가 슬픔에 사로잡혀서, 슬픔에 먹히는 것처럼 보여도, 그대는 슬픔을 꾸역꾸역 밀어내고 있는 것. 울음이라는 긴 거울 앞에서.

마주한 거울

　기다림은 뒤가 열린 시간이다. 기다림은 종말론을 모르지. 나는 무기수다. 서로 마주댄 두 개의 거울처럼 무한한 공간이, 그것들이 만든 긴 터널이, 저 안으로 나 있다.

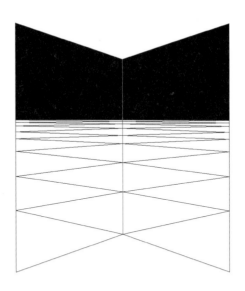

12 거울에도 키다리와 난쟁이가 있다

오목거울은 사람을 크게 만들고 볼록거울은 작게 만들죠. 연인이 서로의 거울이란 건 이런 뜻. 내가 손을 뻗어 빈틈을 내면 그대도 손을 뻗어 커지고, 내가 동그랗게 몸을 만들어 움츠리면 그대도 함께 웅크려요.

13 거울에도 합승 아니면 따블이 있다

거울과 아버지는 끔찍하다. 사물을 배가倍加하기 때문이다.(보르헤스) 그러니까 둘은 심야 택시 같은 존재로군. 합승 아니면 따블이야. 예전엔 그게 아니면 귀가하기 어려웠지. 무서운 아버지와 거울이 있는 집으로 갈 수없었지.

¹⁴ 스타워즈의 비밀

구약성경에서 하느님을 뜻하는 말은 둘이다. 야훼와 엘이 그것인데, 이스라엘_{하느님과 겨루어 이겼다는 뜻이다}의 엘이 바로 후자의 이름이다. 놀라운 건 엘이 바알 신의 아버지 신 이름이라는 것. 가증스런 바알을 쳐 없애라고 명령하는 이가 그의 아버지였다니. 바알아, 죽어라. 그리고 참, 바알아, 내가 니 애비다. 이것이 아버지 신이자 거울의 신인 다스베이더의 말씀이었더라.

15 에펠탑의 비밀

"에펠탑은 전혀 쓸모없는 건축물들 중에서 가장 큰 것
이었다."(빌 브라이슨) 어떤 실용적인 기능도 없었기 때
문에 그것은 예술의 도시 파리를 대표하는 상징물이 되
었지. 이것이 상징의 비밀이야. 아무것도 비추지 않는 거
울에서 사람들은 모든 것을 보지. 그런 거울이야말로 속
내를 보여주지 않는 애인 같거든. 브라우니처럼. 매력이
많아도, 너무, 많아.

16 국립민속박물관의 비밀

불국사의 청운교, 백운교와 경복궁 근정전의 난간과 법주사 팔상전과 금산사 미륵전과 화엄사 각황전을 뒤섞어 만든 괴물이 경복궁 안에 있지. 소풍 가서 본 어린 아이의 눈에도 그건 괴력난신의 현신이었어. 예쁜 것만 골라서 비추는 거울이라니, 거울아 거울아 너 미쳤니?

17 변신의 비밀

　카프카의 『변신』에서 가장 무서운 일은 사람이 괴물로 변했다는 사실이 아니라 그렇게 변했다는 것을 당사자도 가족도 전혀 의심하지 않는다는 데 있다. 대체 그들에게는 무슨 거울이 주어져 있었던 거야?

자본주의의 비밀

요즘 거울은 영악해져서 여간 까다로운 게 아니지. 거울아 거울아…… 하고 물었는데, 거대한 팔뚝 하나가 전화기를 들고 튀어나와서는 "비교해봐!" 이러는 거야.

2만 5천명을 동시에 수용하는 거대한 깡통이 여의도에 있다. 눈 아래 그 정도 군중을 거느리면 히틀러 같은 기분이 들 거야. 쌀라쌀라 할 때마다 쏟아지는 아멘 소리가 만세 소리로 들릴 거야. 도대체 그분은 무슨 배짱으로 십자가의 네 귀퉁이를 그렇게 구부린 거야? 왜 오래된 필름을 거울로 착각하는 건데?

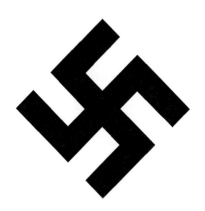

가면

가면 뒤에 진짜 얼굴이 있
다고? 아니, 거기엔 다른
가면이 있지. 그를 영접하
기 위해서 방명록을 준비
했어요.

———————————————

¹ 하회탈 쓰고 문워크하기

　탈은 모든 표정을 표현할 수 있도록 고안되었지. 그런
점에서 마이클 잭슨의 성형은 탈 만들기였다. "마이클
잭슨의 얼굴은 아이, 어른, 남성, 여성의 얼굴을 결합한
것이다."(벤저민 스폭) 세상의 모든 남녀노소와 인종들
이 그의 얼굴에서 자기 모습을 보았다. 그는 여러 차례에
걸쳐서 탈을 만들고는 그뒤로 영원히 숨어버린 거야.

2 호두까기 인형 포즈로 지휘하기

차이콥스키는 지휘를 할 때 한 손으로는 지휘봉을 잡고 다른 한 손으로는 턱을 받쳤다고 한다. 공포증이 심해서 얼굴이 떨어질까봐 두려웠던 것. 어쩌면 그는 대중 앞의 자신과 실제의 자신이 다르다는 걸, 전자가 가면에 불과하다는 걸 알았을 것이다. 그런데 그는 후자가 그걸 떠받친다는 걸, 그게 가면이 아니라는 걸 어떻게 알았을까?

애인에게

"얼굴이여/ 오 맨얼굴이여/ 그러나 너의 얼굴에는/ 밥
풀이 묻어 있다"(임선기) 내가 묻혔다, 내 얼굴에 붙이려
고. 붙여서 떨어지지 않으려고. 애인아, 그러나 네 얼굴
은 여러 겹의 얇은 종이로 된 것이었구나.

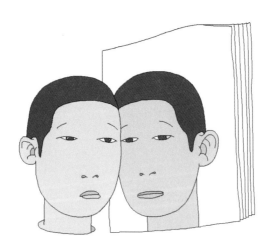

4 각시탈 생각

 같을 여如가 여자女의 입口이라는 건 어째 비아냥대는 말 같아. 여자들 소문 옮기는 게 거기서 거기라는 뜻 같아서. 그런데 용서할 서恕가 마음心을 같게如 하는 일이라는 건 참 멋있어. 그녀의 입을 향해 있는 마음이 바로 그 마음인 것 같아서.

가면 : 317

5 버리는 자의 버림받기 놀이

'궁사宮詞'란 시 장르가 있다. 왕이 찾지 않는 궁녀의 심정을 노래한 남자들의 문학이다. 고급스러운 변태들 이로다. 버림받은, 실은 아예 선택받은 적도 없는 여성의 심정에 의탁한, 선택할 수 있는 자들의 놀이. 저 슬픈 표 정의 가면 밑에서 그들은 이렇게 말하는 거다. 아프냐? 난 안 아프다. 날 아프게 하지 마라.

⁶ 버림받은 자의 버리기 놀이

　살로메를 사랑하게 된 니체는 청혼을 위해 친구인 파
울 레를 보냈다. 문제는 그 친구 역시 그녀를 사랑했다는
것. 둘은 우정을 깼고 그녀는 둘 모두를 버렸다. 니체, 초
짜 연인의 슬픔을 안고 선언하다, 신은 죽었다고. 그는
철학자의 가면을 쓴 연인이었을까, 연인의 가면을 쓴 철
학자였을까?

⁷ 가장 못생긴 가면

니체 얘기 하나 더. 그는 이렇게도 선언했지. "나는 인간이 아니라 다이너마이트다." 그것참, 소개팅 나가면 큰일났겠군.

⁸ 가장 허무한 가면

카뮈는 늘 자동차 사고로 죽는 것보다 무의미한 일은 없다고 말하곤 했다. 그는 자동차 사고로 죽었다. 처음 문장과 두번째 문장은 아무 관련이 없지만, 우리는 둘을 원인과 결과로 묶어서 말하곤 하지. 그가 부조리 문학의 원조가 된 건 이 때문일 거야.

⁹ 가장 섹시하고 무서운 가면

발자크는 하루 열여섯 시간을 일하면서 커피를 50잔씩 마셨다. 나중에 그는 과체중으로 죽었다. 과로, 운동 부족, 카페인 중독 등이 문제였겠지만, 내 생각엔 설탕 때문이 아니었을까 싶다. 어쩌면 그는 다방 커피를 마신 게 아닐까? 미니스커트 입고 하이힐 신은 죽음이 오빠, 부르며 그를 자주 찾아왔을지도 모른다.

　　헤겔의 마지막 말은 "나를 이해하는 사람이 단 하나 있
는데 그도 나를 이해하지는 못했다"였다고 한다. 그 마
지막 사람이란 바로 자기 자신이었지.『정신현상학』은
그 자신 안의 거대한 공동空洞을 외화한 것이라는 얘기.
그나저나 그대는 참 난감한 가면을 쓰셨군요.

11 가장 신성한 가면

  립싱크는 일종의 진언眞言이다. 진언이란 제 몸을 도구
로 삼아 귀신의 언어를 받아 말하는 일인데, 립싱크야말
로 제 입을 스피커 삼아 다른 목소리를 내는 일이니까.
입을 벙긋대는 아이돌들, 알고 보면 새끼 무당인 셈이다.

12 율도국에서

  호주의 쿤윙즈쿠어에서는 캥거루과 동물들의 종류에 따라 '뛴다'는 동사가 다르게 쓰인다. 수컷 영양왈라비가 뛰면 'kawawudme', 암컷 영양왈라비가 뛰면 'kadjalwahme', 왈라루가 뛰면 'kanjedjme', 흑색왈라루가 뛰면 'kamurlbardme', 에이자일왈라비가 뛰면 'kalurlhlurlme'란 동사를 쓴다고 한다.(니컬러스 에번스) 실체가 있어 동작이 따라오는 게 아니라 동작이 먼저 있고, 그다음에 그 동작의 매듭, 결절점으로서 실체가 부대되는 거다. 가면의 언어가 바로 이런 거지. 행동에 따라 그이의 정체성이 달라지니까. 이 나라에서 홍길동은 서자라서 호부호형을 못하는 게 아니라 호부호형을 못해서 서자인 거야.

13 무無라는 가면을 쓰다 1

조폭을 깍두기라고 부르는 게 단지 머리 모양만을 지
칭하는 건 아닐 거야. 깍두기는 무로 만들지. 무武를 따
랐으나 겨우 무無의 입방체에 불과한 삶이라니. 깍두기
아저씨들, 니힐리즘은 또 어떻게 알았을까.

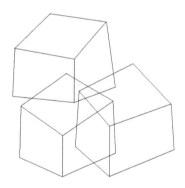

14 무無라는 가면을 쓰다 2

이상한 나라에서 앨리스가 "길에는 아무것도 안 보여
요I see nobody on the road"라고 말하자, 여왕은 탄식했다.
"나는 왜 이런 눈을 갖지 못했을까. 저 멀리 있는 '노바
디nobody'를 볼 수 있는 눈이라니." 아, 노바디 씨는 정말
무섭고 슬퍼요. 그를 내칠 수가 없잖아요. 지워버릴 수
가 없잖아요.

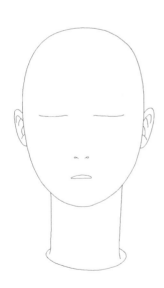

15 무無라는 가면을 쓰다 3

그래서 원더걸스도 노래하는 건가? "난 노바디, 노바디 씨를 원해. 하지만 너는 아니야! I want nobody, nobody, but you!"

16 무無라는 가면을 쓰다 4

　데카르트의 코기토에 대한 가장 강렬한 반박 명제이율
배반는 이럴 것이다. "나는 무無다. 그러므로 나는 존재하
지 않는다."

17 안녕이라는 가면

안녕하니 너는? 안녕이란 그 인사 속에 숨어 있는 건
아니니?

18 친구라는 가면

마르크스가 하녀를 임신시키자 부인 에나의 의심을 풀기 위해, 엥겔스는 자신이 나서서 아버지라고 주장하고 친권을 떠맡았다. 평생을 영웅의 그림자와 후원자로 살았던 엥겔스. 이런 우정이 내 살아생전에 있을까. 본 얼굴과 가면을 교환해줄 친구가 있을까. 가만, 그전에 나가서 사고부터 치고.

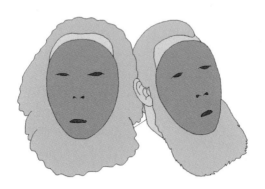

19 식인종이라는 가면

　뉴질랜드 마오리족은 인구 증가의 압력을 전쟁으로
해소했다. 목적은 식량 확보. 상대를 잡아서 전리품으로
머리만 남겨두고 잡아먹었다. 역설적이지만 그 때문에
뉴질랜드의 숲이 개간되지 않고 보존될 수 있었지. 아,
물론 우락부락한 관광용 아저씨들과 함께. 그러니까 저
무서운 식인종 가면은 숲이 우리에게 보낸 평화사절단
이었던 거야.

20 연소자관람가면을 쓰다

내가 학생이던 시절, 열시가 되면 어떤 여자가 방송에서 이런 소리를 하곤 했지. "청소년 여러분, 밤이 깊었습니다. 아직도 거리에서 방황하는 청소년이 있다면 가족이 기다리는 따뜻한 집으로 돌아갑시다." 참 약올리는 말이었어. 이런 말로 들렸거든. 애들은 자라, 이제부터는 우리 성인들 시간이다, 에헤라디야.

연소자관람불가면을 쓰다

바바리맨이 바바리를 열어 제 몸을 공개할 때, 어쩌면 그는 알몸이라는 유니폼을 입은 거라는 생각이 든다. 당황한 여학생들이 비명을 지를 때, 아이들은 그가 알몸이어서가 아니라 그가 쓴 가면이 너무 그럴듯해서 소리를 지르는 거라는 생각이 든다. 바바리맨은 그러니까 시선에 노출됨으로써 시선 바깥으로 무한히 도망가는 거지. 자기 얼굴을 인쇄한 쫄쫄이 가면을 쓰고. 자기 몸피에 딱 맞는 투명 옷을 입고.

이불

눈꺼풀은 몸이 우리에게
선물한 이불입니다. 그것
도 두 장이나 되죠. 윙크
는 그 사람에게서 이불 한
장을 뺏는 겁니다. 오늘
밤, 그는 편히 자기 틀렸
어요.

_____

¹ 종이 이불을 덮다

신문지는 잉크가 잘 먹도록 화학처리를 한 덕분에 공기를 잘 품는다. 습기를 천천히 빨아들여서 땀복으로도 괜찮고. 노숙자들이 신문지를 덮고 자는 이유다. 서울역판 생활의 지혜인 셈인데, 나아가 그분들 자체가 우리 현실을 알려주는 신문이기도 하지.

² 시체 놀이를 하다

비트겐슈타인은 평생을 자살 충동에 시달렸는데 죽기 2년 전에야 그 충동에서 벗어날 수 있었다. 자신이 암에 걸렸다는 걸 알았기 때문이다. 암은 사물의 편에서 박동하는 저 유혹_{죽음 충동}에 대한 진통제이기도 하다. 그는 살아생전에도 이불을 머리끝까지 덮었던 거야.

³ 산 사람 놀이를 하다

고골을 묻은 후 15년이 지난 뒤 개묘했더니 발버둥친 흔적이 있었다고 한다. 그는 생매장을 당했던 것. '죽은 혼'과 산 육신이라니, 대체 그 섬약한 젊은이는 어떤 운명을 겪어야 했던 걸까. 그는 시체가 되어서도 자신을 살아 있는 사람이라고 생각한 거야.

⁴ 생각하는 이불

    "나에게 익숙해지려고 하면서 너는 얼마나 괴로웠을 까."(네루다) 이불은 빠져나간 자의 몸을 기억하는 듯 제 몸을 둥글게 말고 있었다.

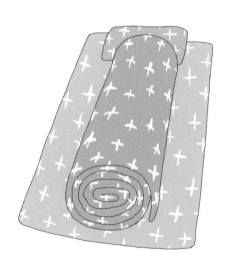

⁵ 가장 큰 이불

"내 애인은 태평양처럼 누워 있다"(최승자) 애인아, 네 앞에서 나는 얼마나 작으냐. 저렇게 큰 이불 위에서! 그것도 물침대라니!

6 휴대용 이불

눈꺼풀은 몸이 우리에게 선물한 이불입니다. 그것도 두 장이나 되죠. 윙크는 그 사람에게서 이불 한 장을 뺏는 겁니다. 오늘밤, 그는 편히 자기 틀렸어요.

빈
방
있
음

7 사랑은 이불 같은 것

영원한 사랑은 있다. 그러나 그건 사랑의 속성이지 대
상의 속성이 아니다. 대상을 바꿔가며 사랑은 그 불멸성
을 관철해간다. 반면 영원한 사랑의 대상을 믿으면 "변
심한 애인을 찾아가 난동을……" 하는 기사의 주인공이
된다. 그러니까 연애엔 여관방이 필요한 거지. 사람이 바
뀐다고 쉽게 이불이 바뀌던가?

8 6백만 불짜리 이불

"남자가 된다는 것은 신체에 상징적인 무엇이 더해짐을 의미한다. 그 무엇은 궁극적으로 인간적인 것이 아니다. 그렇기 때문에 〈6백만 불의 사나이〉에서 〈터미네이터〉〈로보캅〉에 이르기까지 기계인간 모티프가 빈번하게 등장하는 것이다."(대리언 리더) 그걸 벗겨놓으면 남자는 아이가 돼요. 이불에 지도를 그리는 오줌싸개와 다르지 않아요. 비인간을 표시하는 상징적인 사물, 그게 바로 6백만 불짜리 이불이었던 거죠.

⁹ 8,250만 불짜리 이불

고흐의 마지막 그림인 〈의사 가셰의 초상〉은 1990년 8,250만 달러에 팔린다. 그림을 산 부호는 자신이 죽으면 그림을 관에 넣어 화장해달라고 유언했다. 그렇게 그림은 영원히 사라졌다. 가진 자들은 예나 지금이나 순장을 고집하지. 그러나 우리는 그 부호는 기억하지 않고 사라진 그림만 기억한다. 어쩌나, 저 무지몽매한 이기심 때문에 비싼 이불만 버렸네.

10 이불에 갇히다

"되도록 늦게 아주 늦게 잠들려 몸이 애를 쓴다 일찍
잠들면 새벽에 혼자 깨어 있어야 함이 못 견디게 힘들다
그걸 몸이 잘 알고 있다"(정진규) 노인은 세 번 갇힌다.
추억의 감옥, 주름의 감옥 그리고 불면의 감옥. 이불은
세번째 감옥의 평수를 보여주는 평면도지.

11 이불이 되다

그리움은 일종의 무능력, 무기력이다. 모든 힘을 그리움의 대상에게 뺏겼기 때문. 그리워하는 자는 그 상태의 항상성을 유지하려고 들지. 그러니 그는 내처 잠을 자는 셈. 이불과 한몸이 되었다가, 끝내 이불이 되어버린 셈. 그는 어디로 간 걸까요? 이불을 들춰봐도 그는 없어요.

12 이불에 들다

"그대는 내 살갗 밑에 숨어/ 내 피처럼 끓어오르고 있네"(포루그 파로흐자드) 그대가 내 몸을 덮고 있어서 나는 몸을 만졌네. 화상으로 손끝이 쪼그라들었네. 지문이 남았네.

13 이불 속에서 꿈꾸다

실체 중심의 언어에서는 같은 동사에 체언만 갈아끼운다. 그런데 나바호어에서는 어휘들이 잘게 썰린 채 문법 정보들과 섞여 있다고 한다. 예컨대 뭘 주느냐에 따라 '주다'란 동사가 다양하게 변한다. 멋진 언어다. 이들의 말에서는 '자다' 속에 이미 수많은 꿈이 들어와 있을 거야. 이들은 누비이불처럼 다채로운 꿈을 꾸며 잠을 잘 거야.

¹⁴ 전전반측이라는 단어

칼람어_{Kalam}에서 '모으다'라는 단어는 '가다 치다 갖다 오다 놓다'의 합성어이고, '마사지'는 '때리다 문지르다 쥐다 오다 오르다 쥐다 오다 내리다 하다'의 합성어다. 자기 안에 스피드 퀴즈를 숨기고 있는 단어들. 그렇다면 이불은 '바로 눕다 오른쪽으로 눕다 왼쪽으로 눕다 엎드리다……'가 무한히 반복되는 장소이겠군.

15 안분지족이라는 단어

"수건 한 장을 덮고 아이가 잔다/ 수건 한 장으로 덮을 수 있는 몸이 참으로 작다/ 수건 한 장 속에서 아이는 참 따뜻하게도 잔다"(문성해) 아이야, 내 얼굴은 얼마나 크고 두꺼운 것이냐. 남의 이불로 얼굴이나 닦다니.

16 운우지정이라는 단어

비와 구름이 만나서 정을 나누듯……이라니요. 이부
자리가 그렇게 축축해서 뭣에 쓰겠어요?

17 세탁소 주인의 상상

　"천상의 사람을 위한 보답은 8만 명의 하인과 72명의 아내가 있는 궁전이다."(이븐 카티르의 코란 주석) 고작 이런 걸 위해 폭탄을 지고 군중 속으로 뛰어든다고? 천국이 무슨 이불 빨래 전문 세탁소도 아니고. 거기서 인간은 일흔세번째 이불 위에 누운 일흔세번째 여자를 그리워하게 되어 있다구.

¹⁸ 양치기 목동의 상상

    기독교의 진정한 성공은 침실에 죄의식을 끌어들였다는 데 있다.(장 클로드 카리에르) 죄의식은 불면, 참회, 순종, 양 1백 마리, 양 101마리, 양 102마리⋯⋯와 함께 온다. 숙면, 생산, 꿈동산이 있어야 할 곳에 고해소가 생긴 것. 침실과 교회의 정교분리정책이 필요해요. 가이사의 것은 가이사에게 맡기고, 침실의 일은 이불에게 맡기세요.

19 꽃 피었다, 이불 깔아라

나비가 꽃 시절을 대표하게 된 것은 일종의 데칼코마니이기 때문이야. 합환合歡의 기쁨을 표현한 요와 이불이라고. 도처에서 같은 사이즈의 요와 이불이 날아다니니 춘정春情이 생기지 않고 배기겠어?

정 원

샹그릴라는 티베트 말로
'마음속의 해와 달'이란
뜻. 해와 달과 보금자리가
있으니, 이 안에 그대만
들어오면 된다.

———————————

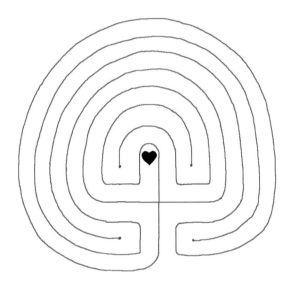

¹ 미로 정원 1

탕구트족이 부족을 통일하여 서하西夏를 세운 해가 1038년. 제도개혁을 하는 과정에서 독립문자를 창안했다. 한자를 모방하였으되 한자보다 훨씬 복잡하고 아름다운 6천 개 이상의 글자들. 중국인들에겐 한자의 영향력을 증거하는 것일 테지만, 내게는 사라져서 혹은 사라짐으로써만 아름다운 한때의 추억인 것 같다. 따라 쓰기도, 다시 쓰기도 어려운 글자들의 정원. 한번 들면 길을 잃게 되어 있는, 첫사랑이라는 정원.

² 미로 정원 2

가을에 찾아간, 강물이 동그랗게 벽지를 돌아나가는 청령포. "아, 아름답다. 이런 데라면 기꺼이 유배 오겠네." 일행 중 하나가 떠들었지만 그때 가을 볕은 어떤 소멸을 가리키고 있었다. 이 빛은 금방 지나갈 거야, 금세야. 사약을 든 운명이 이곳을 향해 오고 있다고.

3 미로 정원 3

청령포 옆에 유수지를 섬의 몇 배 크기로 만들어놓았다. 귀여운 낙도 앞에 저리도 큰 흉물이라니. 단종의 처지를 풍광으로 의인화한 것 같았다. 죽은 나라님과 그를 죽음으로 몰아간 산 나라님 생각이 많이 났다.

4 에덴동산과 바벨의 정원

호주 북부 아넘랜드 원주민의 전통에 따르면 호주에
최초로 발을 들인 이는 '워라무룽운지'라는 여성이었
다. 그녀는 내륙으로 가면서 자식들을 특정 지역에 정착
시키곤 명령했다. "내가 너를 이곳에 두노니 이것이 네
가 써야 할 언어이니라. 이것이 너의 언어이니라." 지금
그곳엔 2백 킬로미터 이내에 9개 씨족, 4개 어족에서 비
롯된 7개의 언어가 있다.(니컬러스 에번스) 태초에 에덴
의 언어가 아니라 바벨의 언어가 있었다는 거다. 에덴에
서 추방된 후에 언어가 나뉜 게 아니라 처음부터 서로 다
른 언어들의 민주주의가 있었다는 거다. "온 땅에 구음
이 하나였더라"를 선언하는 제국주의 하느님이 아닌 다
른 세상의 하느님이 있었다는 거다.

버려진 개들의 정원

"사람을 관찰하면 할수록 내가 기르는 개를 더 사랑하게 된다."(파스칼) 인간에 대한 절망이라고 생각하지 말자. 차라리 개에 대한 애정이라고 말하자. 개는 우리를 가장 좋아하는 인간보다도 우리를 더 좋아한다. 심지어 자기 자신보다도. 그렇다면 유기견 센터야말로 버림받은 애인들의 합숙소가 아닌가.

⁶ 대량 살육의 정원

　16세기 초 유럽의 신학자들은 아메리카 인디언을 이렇게 평했다. "성경엔 오류가 없다. 인디언들은 노아의 후손이 될 수 없으므로 그들은 인류에 속하지 않는다. 그들이 인간을 닮은 것은 사실이지만, 고릴라보다는 인간에 좀더 가까운 대형 원숭이일 뿐이다." 신대륙을 거대한 동물원으로 만든 옛날이야기.

7 구원의 정원

태평양전쟁 당시 일본군이 미국의 암호를 여러 차례 풀자 미국에서는 나바호족 인디언들을 암호병으로 고용해서 정보를 주고받았다. 일본인들은 목을 울리는 괴상한 소리만 들었을 뿐 무슨 말인지 전혀 이해하지 못했다. 방금 말한 그 동물원이 미국을 구원했던 거야.

⁸ 27진법으로 꾸민 정원

고지대 파푸아어인 옥사프민어에서는 엄지부터 팔과 어깨를 거쳐 코까지가 14, 반대쪽 엄지까지가 13, 도합 27까지의 수를 센다. 다 세면 팃푸_{tit fu}라 외친다고. 상반신으로 표현하는 27진법이다. 브레이크댄스 출 때 파도타기 같을 거야. 황홀한 숫자들이지. 장담하건대 낙원의 숫자는 27일 거야.

⁹ 비밀의 정원

피레네산맥 서쪽의 바스크어는 유럽 어느 나라의 언어와도 다르다. 라스코 동굴벽화를 남긴 구석기인들의 언어라고 하는데 신석기의 언어 학살에서 살아남은 유일한 언어다. 까마득한 옛날 언어가 발음되는 곳이 있다니 여기가 바로 신화의 땅 아닌가?

¹⁰ 물고기가 열매 맺는 정원

　호주 북부에서 반짝벤자리라는 물고기는 흰사과나무
와 같은 이름bokorn이라 부른다을 갖고 있다. 이 물고기가
이 나무의 열매를 먹기 때문이다. 원주민들의 지혜는 이
것. bokorn나무에 가봐, 그러면 bokorn물고기을 찾을 수
있을 거야. 이것이야말로 진정한 연목구어가 아닌가?

11 동굴 속에 펼쳐진 정원

　금광을 찾아가는 길은 원시 지구 시대로 돌아가는 시간 여행의 길이에요. 금이 당시 액체 상태이던 지구 중심부에서 지표로 흘러나온 것이기 때문이죠. 먼 기억 저편의 황금시대가 진짜로 있었던 거예요.

12 천사들의 정원

"여자들이 겨드랑이 깃털을 다듬는 것은/ 사내들보다 더 천사에 가깝기 때문이지."(이정록) 그렇다면 영구 제모란 아예 인간이 되려는 건가요? 혹은 깃털이 웃자란 남자들에겐 천국이 가까워진 건가요?

13 악마들의 정원

　루터의 종교개혁이 농민들의 반란에 불을 댕기자, 루
터는 가진 자들의 편으로 돌아섰다. "농부들은 악마의
포로가 되었다. 그들을 몰래 혹은 공개적으로 내동댕이
치고 목을 조르고 칼로 찔러야 한다. 폭도만큼 악독하고
해롭고 악마적인 것도 없다. 이것은 미친개를 때려죽여
야 하는 것과 같다. 영주가 기도하는 것보다 피를 보는
걸로 천국을 얻을 수 있는 시대가 지금이다." 젊었을 때
악마를 향해 잉크병을 던지던 루터, 농부들의 시체로 만
든 정원을 거닐며 스스로 악마가 되다.

¹⁴ 유령들의 정원

16세기 이래 실제로 유령선이 있었다. 황열병이 발병하면 배에 탄 선원 전부가 몰살당했기 때문에 빈 배가 대해를 떠돌았던 것. 황열병은 모기가 옮긴다. 유령들이 출몰하는 수상 정원에서는 조그만 모기가 말을 걸 것이다. 내가 니 애비다.

불사의 정원

　진시황이 불사약에 혹한 것은 동쪽 끝 제나라에서 온 도사들 때문이었다. 제나라의 배후에 있는 산동반도에서 바다 건너 신선의 나라에 대한 소문이 계속 넘어왔던 것. 삶의 배후는 늘 신비지만, 신비에 혹하면 재림 예수, 미륵불 같은 가짜 구세주를 만나게 된다. 진시황은 당시 불사약으로 불리던 수은중독으로 죽었지. 불사의 정원으로 너무 빨리 초대를 받았던 셈. 가짜들은 서둘러 탈출하는 바로 그 정원에서.

16 필사의 정원

영화 〈타이타닉〉에서 만찬장의 음악을 책임지던 소규모 악단의 단원들은 마지막 순간에 탈출의 기회를 포기하고 찬송가를 연주한다. 사교 음악이 장송곡으로 바뀌는 장면이다. 이들이 영화의 진정한 주인공이 아닐는지. 가장 영웅적인 행위가 이토록 외설적인 적이 있었던가? 쾌적한 소음을 담당하던 이들이 임박한 죽음을 만나게 해주리라고 누가 짐작이나 했겠는가?

17 유머의 정원

　이집트의 압제에서 벗어나 이스라엘인들은 약속의 땅 가나안에 들어간다. 그런데 역사는 그때 가나안이 이집트의 지배 아래 있었다고 말한다. 그들은 안마당에서 나와 뒷마당으로 갔던 셈. 이것이 "오 마이 갓"의 유래가 아니었을라나. 신께서는 유머를 아시는 분이었구나.

¹⁸ 돈이 있어야 천국이지

평생 세 번 결혼하는 부족에 관해서 들은 적이 있다. 어려서는 나이든 배우자와 한 번, 중년일 때에는 또래와 한 번, 노년에는 젊은이와 한 번 결혼하는 부족 이야기. 어려서는 배우고 그다음엔 즐기고 그다음에는 가르쳐주는 삶. 이 말을 전한 분은 이상적인 제도라고 칭찬하셨지만 실상은 다르다. 나이 많은 남자가 경제력과 권력으로 어린 여성을 독점하기 때문에 젊은 남성은 나이든 여성이라도 취하려 했던 것. 잠자리 대신 집안일이라도 챙겨주는 이가 필요했기 때문. 천국의 안방에는 돈방석이 놓였고 천국의 정원은 주지육림이라는 거야. 다른 꿈은 천국 가서 꿔.

¹⁹ "정들면 지옥이지"(정현종)

카프카의 프로메테우스 재해석. "신들은 지쳤고 독수리도 지쳤으며 상처도 지쳐서 저절로 아물었다." 그러니 천국이나 지옥은 얼마나 피로할 것인가.

20 정떨어지면 천국이지

김밥들만 가는 천국이라며? 저 천국은 얼마나 지겨울
까. 고작 천오백 원짜리 수입산 천국이니.

정원 : 381

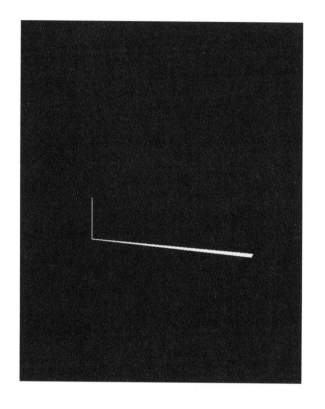

21 하늘 정원은 있었을까?

괴테의 마지막 말은 "좀더 빛을Mehr Licht"이었다. 위대한 정신에 천국의 이미지를 덧씌운 말이었다. 어떤 이가 괴테의 말은 "더는 없구나Mehr Nicht"였을 거라고 주장했다. 전자라면 그는 하늘 정원을 마지막으로 소망했겠지만, 후자라면 그에게 정원은 문을 열지 않았을 것이다. 어쨌든 그걸 주장한 이는 정신병원에 갇혔고 그를 병원에 보낸 의사는 괴테훈장을 받았다. 죽은 괴테가 산 사람을 벌하다. 그런데 그는 정말 빛의 정원에서 살고 있을까?

22 하늘 정원은 있어요

동네방네 스카이라이프 접시 있잖아요? 그거 일종의 제기祭器에요. 천국의 소식을 받아두는.

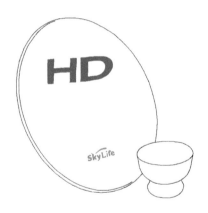

23 거기가 무슨 카바레는 아니지만

윈난에 꼭 가보리라. 곤륜의 서쪽. 온갖 기화요초가 만
발한 세계의 정원. 히말라야의 눈 녹은 물과 인도양에서
불어온 따스한 바람이 만나서 샹그릴라가 되었다지. 샹
그릴라는 티베트 말로 '마음속의 해와 달'이란 뜻. 해와
달과 보금자리가 있으니, 이 안에 그대만 들어오면 된다.

24 거기가 무슨 트랙은 아니지만

마라톤 코스는 원래 42km였지. 1908년 런던올림픽 때 영국 왕실이 윈저궁에서 경기의 시작을 보겠다고 출발선을 당겼고 그 결과 오늘날 42.195km가 되었다. 힘이 있는 자들은 멀쩡한 척도마저 당기거나 줄인다. 그 이유란 게 고작 제집 정원에서 마라톤을 보겠다고!

무덤

공동묘지가 망자들의 아
파트라면 선산은 집성촌
이죠. 둘 다 영구임대주택
이에요.

_____

1 오대양 젖무덤

에밀 시오랑은 여자의 두 가슴 사이를 죽음의 두 대륙
사이라 불렀다. 그곳에 이르려면 필사적이어야 해서일
까? 아니면 그곳에 들면 다시 깨어나지 못할 꿈을 꾸게
되어서일까? 그나저나 그는 젖무덤이라는 우리말을 어
떻게 알았을까?

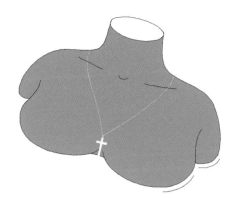

² 삼인방 젖무덤

1969년 남학생 둘이 강의실에서 아도르노에게 자아비판을 강요했다. 여학생 셋은 젖가슴을 드러내며 그를 조롱했다. 충격을 받은 아도르노는 넉 달 후 세상을 떠난다. 그 다섯 학생의 유일한 공적은 『미학이론』을 미완성으로 남게 했다는 것. 프레시맨의 모습을 하고 아름다움을 사냥하면서 죽음의 대륙을 떠돌던 사신이 있었던 거지.

3 아이는 시체놀이를 좋아한다

고대 중국에서는 제사를 지낼 때 조상신의 역할을 하는 이를 시」라고 불렀다. 대개 남자아이가 시로 선택되었다. 아이야말로 저세상에서 온 지 얼마 안 되었기 때문이다. 노인들이 끝내 어린아이로 변하는 것도, 점집에 아기동자가 많은 것도 그래서겠지.

4 부활의 무덤

키스란 흉터의 맞닿음, 상처의 잇닿음이죠. 입술은 갈라진 둘이 만나서 하나예요. 그 둘이 봉해지지 않고 열려야 다른 입술을 받아들일 수 있어요. 우리는 키스할 때마다 "무덤들이 열리며 죽은 이의 몸이 많이 일어나는"(마태복음 27장 52절) 부활의 기적을 체험하는 거예요.

5 살아 있는 무덤

한 사람을 빼고는 어느 인간도 불멸에 이르지 못했다. 그녀의 이름은 헨리에타 렉스. 미국에 살던 가난한 흑인 여성. 자궁암으로 죽었으나 헬라Hela라 불리는 그녀의 암세포는 지금도 전 세계의 실험실에서 배양되고 있다. 현재 헬라의 무게는 5톤쯤 된다고 한다. 암세포는 영양분만 공급되면 끊임없이 분열 증식하기 때문에 죽지 않는다. 그런데 신기하지, 그렇게 증식하는 살덩어리야말로 무덤을 닮아가지. 그건 뒤집어서 말하면 무덤만이 끊임없이 분열 증식한다는 뜻.

6 죽어서 가는 주거 공간 1

공동묘지가 망자들의 아파트라면 선산은 망자들의 집
성촌이죠. 어느 쪽이나 죽음이 우리에게 빌려주는 영구
임대주택이에요.

7 죽어서 가는 주거 공간 2

　창조론자들이 화석지층을 설명하는 걸 보면 정말 가관이다. 노아의 홍수 때 포유류나 사람처럼 크고 복잡한 동물이 높은 곳으로 빨리 도망가서 위쪽 지층에 묻혔다는 거다. 그 시절 아파트가 없었기에 망정이지 1층 사는 사람들은 25층 사는 사람보다 저능아가 될 뻔했다.

⁸ 살아서 못 가는 주거 공간 1

"새로 개장한 호텔 안으로/ 지금 막 젊은 두 남녀가 들어가고 있다"(남진우) 카프카의 성은 시간의 성이기도 하다. 저 안으로 들어갈 수 없는 나이가 되어서야 저런 구절이 시가 된다. 그러니까 저곳은 청춘의 무덤이야.

왜 그토록 좀비물이 인기를 끌까? 좀비란 걸어다니는 무덤이기 때문. 생각해봐, 죽음의 이동 주택이라니 얼마나 역동적이야? 걔들은 날마다 지치지도 않고 제 자신을 이장중이라고.

¹⁰ 살아서 가는 주거 공간

　카이로에는 사자들의 도시City of the Dead가 있다. 군주
나 귀족들이 묻힌 마멜루크 묘지에 100만에 이르는 빈
민이 들어와 살면서 형성된 곳이다. 비석과 묘석을 책상,
탁자, 선반으로 쓰고 묘비에 줄을 매어 빨래를 말렸다.
죽음과 동거하기라, 실제로 죽은 자들이 돌아와도 이들
보다 친숙하고 다정할 수는 없으리라.

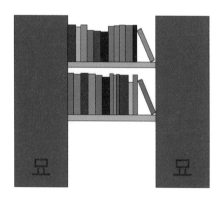

11 신에게도 무명씨는 있다

  신들의 집도 시간에서 비켜나 있다는 점에서는 일종
의 무덤이다. 고대의 만신전에는 '이름 모를 신'을 위한
자리가 있었다. 나는 모르지만 어딘가에 있을 신을 위한
자리가 있어야 한다는 생각이지. 신들의 세계에서도 복
지 제도가 있었던 거다. 물론 그것도 일신교에서는 포퓰
리즘이라고 욕하겠지만.

12 때로 죽음은 망자를 보호한다

  무덤은 피안의 전진기지다. 삶의 황폐가 극에 달했을 때 무덤의 돔은 황폐의 공격에서 망자를 지킨다. 죽음에너지가 둘러친 보호막 같은 것. 기계수 군단의 공격에서 마징가 제트가 있는 광자력 연구소를 보호하는 에너지막처럼.

13 때로 죽음은 산 자와 거래한다

세계 최고의 불공정거래는 구세계와 신세계 인류 사이에 있었다. 아메리카 원주민들은 옥수수, 감자를 주고는 천연두, 홍역, 나병, 페스트, 디프테리아, 말라리아…… 등을 받았다. 그 때문에 구세계 인구는 폭발적으로 증가하고 신세계 인구는 궤멸적인 타격을 입었다. 그때 인디언들은 무덤과 거래했던 거야.

¹⁴ 때로 죽음은 배를 타고 온다

선박평형수 문제가 심각하다. 유조선처럼 큰 배가 짐을 내린 다음 배의 균형을 잡으려고 바닷물을 싣는데 바로 이 물이 선박평형수다. 문제는 이 물에 온갖 동식물이 들어 있다는 것. 큰 배란 게 죽음이 들끓는 죽그릇도 아닌데 저렇게 1급수와 5급수를 함부로 뒤섞다니. 전 세계 바다를 휘젓는 보이지 않는 막대기여, 고만 저어라. 제발.

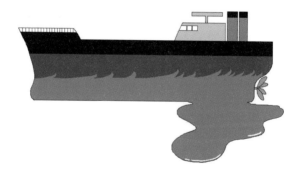

15 때로 죽음도 죽는다

원나라 때 양련진가楊璉眞伽라는 라마승이 남송 황제들의 능을 도굴했다. 『열하일기』는 그가 "심지어 시체를 달아매어 짜서 수은을 얻고 뺨을 후려갈겨 구슬을 찾아냈다"고 전한다. 소뼈, 말뼈와 섞여 주변에 흩뿌려진 황제와 황후의 유골들. 후에는 능도 유골도 차밭이 되어 흔적도 없이 사라졌다. 무덤도 죽는다는 거지. 죽음을 기념하면 이처럼 죽음도 죽임을 당한다.

¹⁶ 늙으면 죽어야지 하는 말

　노인들은 무덤의 주소를 이렇게 부르곤 하죠. '살기도
道 괴롭군郡 죽으면面 편하리里.' 거기가 바로 불멸의 본
적지죠. 어차피 불멸이란 죽음의 것이니까. 죽음만이 불
멸하니까.

17 "빗방울처럼 나는 혼자였다"(공지영)

    무덤처럼 동그랗게 몸을 구부린 채 혼자 있었다. 그런데 주변을 둘러보니 온통 혼자인 자들이었다. 고독, 고독, 하면서 웅덩이에 물 떨어지는 소리가 들렸다. 그곳의 풀들은 외로워, 외로워, 하면서 돋아날 것이다.

¹⁸ 동쪽의 제일 큰 무덤

진시황릉은 동서로 485미터, 남북으로 515미터, 높이 76미터의 구릉이다. 능을 감싸고 있는 안쪽 담의 길이는 2,525미터, 바깥쪽 담의 길이는 6,294미터. 무덤은 발굴하지도 않았는데 주변의 병마용만으로도 경이로워서 유네스코 세계문화유산이 되었다. 내가 관심 있었던 건 발굴 당시의 일화. 병마용은 실물과 똑같이 보이도록 채색을 입혀 놓았는데 햇볕에 노출되자마자 색이 증발해버렸다고 한다. 거봐, 역시 추억의 색깔은 흑백이란 말이지.

19 서쪽의 제일 큰 무덤

  그레이엄 핸콕은 기자의 세 피라미드가 오리온자리의 세쌍둥이별을 본떠 만들었다고 말한다. 별의 밝기와 피라미드의 크기가, 셋이 미묘하게 엇갈린 각도가, 주변의 은하수와 나일 강의 흐름이 일치한다는 것. 사실이라면 파라오들의 무덤은 천상의 질서를 복제함으로써 영원에 대한 꿈을 보존하려든 것이겠다. 아, 그러나 파라오들은 별들도 영원하지 않아서 혹은 소멸하고 혹은 흩어져 먼지로 변하리라는 건 몰랐을 것이다. 파라오들은 자신들의 무덤이 지금까지 보존되어 있다는 데 위안을 얻을지도 모르겠다. 아니, 오히려 번창하고 있지. 다단계판매라고, 전 세계 민중을 울리는 절대 권력의 한 형식 말이야.

20 세계에서 제일 큰 무덤

그야 당연히 지구지. 그동안 지구상에서 살았던 생물의 99퍼센트가 멸종했다. 그 모든 시체를 제 몸 곳곳에 묻어두고 때때로 발굴을 허락하니, 지구만큼 큰 공동묘지가, 지구만큼 많은 부장품이 나오는 곳이, 지구만큼 독하게 산 생명을 순장한 무덤이 어디 있겠느냐 말이야.

신의 불사에 대한 논증

신은 죽지 않았다. 첫째, 신은 살아 있던 적이 없기 때문이다 무신론자. 둘째, 신의 무덤이 발견된 적 없기 때문이다 고고학자. 셋째, 그럼에도 불구하고 신이 보이지 않는 것은 양로원에서 햇볕을 쐬며 추억에 젖어 있기 때문이다 보험회사 직원. 넷째, 신이 불사라면 여생餘生이 없을 터인데, 신이 불사가 아니라고 해도 언제 죽을지 혹은 죽었는지 알 수 없으므로 그에게는 여생이 없을 것이다 회의주의자. 다섯째, 신이 살아 있는 걸 알 수 없기 때문에 죽었다는 게 진실이라면, 신이 죽은 걸 알 수 없기 때문에 살았다는 말도 똑같이 진실이다 궤변론자. 여섯째, 나는 이미 죽어 있다. 따라서 신은 살아 있어야 한다 대타자. 일곱째, 그분이라도 살아 있어야죠. 그래야 우리를 애도할 테니 민중.

22 악몽에 대한 논증

　비유컨대 무덤은 군대 꿈과 비슷할 거예요. 군 생활 다시 하는 악몽을 꾸고 나서 휴, 살았다 했는데 깨어나서 보니 내무반이더라는 그런 꿈. 눈을 떴는데 칠성판 위였다면 다시 눈을 감았다 떠도 그 자리일 텐데, 어쩌죠?

그물

당신을 잡기 위해 내가 입
으로 손으로 눈으로 던지
는 교차된 선들.

—————————————

모든 고백은 그 사람을 어떻게 지금 그 상태 그대로 포획할 것인가, 하는 고민의 결과다. 현존하는 바로 그 사람이 내가 잡으려는 사람이기 때문이다. 사랑한다고 말하며 나는 네게 그물을 던지고 있었던 거야.

2 베드로의 고백

    그러니까 사람을 낚는 어부가 된다는 말은 고백을 아주 잘하는 사람이 된다는 말이야. 일종의 보이스 피싱인 거지.

3 백석의 고백

"머리에 손깍지 베개를 하고"(백석) 남의 집에 누워서 뒹굴던 시인이 스스로를 구원할 수 있었던 것도 같은 이 유에서죠. 그는 제 자신을 건져올린 거예요.

4 인어공주의 고백

망사 스타킹이란 거, 참 묘해요. 그건 걸치면서 "실은 난 아무것도 걸치지 않았어요"라고 말하는 거잖아요? 난 싱싱하다는 거예요. 당신의 시선에 걸려 파닥거린다는 거죠.

5 식인종들의 '아멘'

식인의 습관이 있을 때만큼 역설적으로 영혼이 존중받던 시절은 없었다. 식인종들은 상대를 먹으면서 그의 안에 있는 '무엇인가'를 먹었던 것이다. 단백질이 살에 새겨진 신의 암호라도 되는 양, 정성스럽게. 그들은 그물을 던져서 고기를 잡은 게 아니라 고기를 던져서 영혼을 잡은 셈이지.

⁶ 눈 코 입이 발가락 자리에 모여서는……

하긴 스타킹 뒤집어쓴 복면강도도 있죠. 발 들어갈 자
리에 머리를 넣었으니 자기 정체성은 발바닥 부근에 있
다는 표식이에요.

존 _{귀한} 나

7 '존귀한 나'와는 상관없는 말이지만······

　　요즘 젊은 아이들 대화에서 가장 많이 출현하는 부사는 '존나'다. 신기한 건 그게 젊은 처자들 입에서 나올 때엔 아주 싱싱하고 귀여운 말이 된다는 것. 너희는 욕설도 시가 되는 나이구나. 나는 시도 욕이 되는데. 너희들은 그 말이 긴 사설의 그물 사이로 튀어오르는 새로운 언어 青魚라도 된다는 듯이 쓰는구나.

그물 던진 자리

　당신이 모르는 바로 그 자리에서 사랑은 시작한다. 사랑은 강조사다. 바로, 그……

9 그물 던질 자리

 우리는 어떤 직전直前이다. 닿을 수 없는 거리까지 우리는 무한히 다가간다. 이 무한소無限素야말로 사랑의 입자다. 만남은 무한히 연기된다.

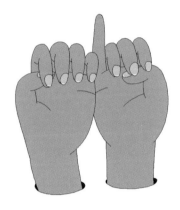

¹⁰ 아주 큰 그물

10만을 뜻하는 힌디어 'lakh'는 연어를 뜻하는 영어 'lox', 독일어 'lachs'와 같은 어원이라고 한다. 엄청나게 떼 지어 다니는 연어를 은유적으로 표현한 것이라고. 꼬마들도 수를 셀 때 이렇게 하지. 하나 둘 셋…… 그다음은 많다 많다 무지 많다…… 그렇게, 겨우 손가락 열 개로도 10만을 세지.

제일 큰 그물

위도와 경도란 인간이 지구를 낚아올리기 위해 만든 그물이죠. 지구가 한여름 과일가게에 쌓아놓은 수박은 아니지만, 인간은 땀을 뻘뻘 흘리며 거기에 금을 그었어요. 뭐, 수박이랑 비슷해요. 지구를 쩍하고 가르면 안에는 시뻘건 용암 속살이 있거든요.

12 아주 촘촘한 그물

아마존 강 주변에서 사용되는 마체스어에서는 시제를 나타내는 정교한 접미사들이 발달해 있다. 첫째로 사건이 일어난 시점, 둘째로 그 사건의 증거를 발견한 시점, 셋째로 증거를 발견한 시점에서 지금 말을 전달하는 시간까지의 시점이 다르고, 그걸 전달하는 시간의 표현이 짧은 시간, 긴 시간, 아주 긴 시간으로 각각 나뉘어 있으므로, 말을 전할 때에는 3 첫째 시점에서 둘째 시점 사이를 전하는 세 개의 시간 표현 × 3 둘째 시점에서 셋째 시점 사이를 전하는 다른 세 개의 시간 표현 = 9, 도합 9개의 접미사가 있게 된다. 방금 전의 흔적을 오래전에 발견했다와 오래전의 흔적을 방금 발견했다 사이에 일곱 가지 발견이 더 있는 것이다. 마체스어 사냥꾼들은 한 문장만으로도 사냥감에 관한 세밀한 정보를 전할 수 있었겠지. 말이 정보를 전달하는 도구가 아니라 정보 자체가 말인 거다. 말로 그물을 던지는 게 아니라 그물 자체인 말을 던지는 거지.

13 아주 가느다란 그물

"'사람들은 가냘픔에 끌린다. ······가냘프다'에 '가늘다'가 포함돼 있다면, 사랑을 낳는 것은 가느다란 신경일 테다."(고종석) 사랑은 끊어지기 쉬운 그물로만 낚을 수 있지. 우리는 기꺼이 거기에 포획되고 싶어한다고.

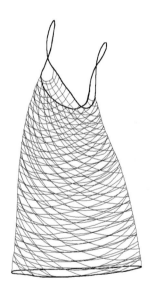

그에게 드리운 쇠그물 하나

석쇠는 물고기를 잡는 두번째 그물이지. 물고기야말로 평생 온몸으로 물세례를 받았던 건데, 석쇠는 거기에 더하여 불세례를 주지. 물고기는 그렇게 거듭나요. 맛있어져요.

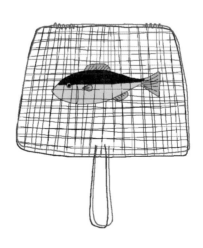

¹⁵ 그에게 드리운 쇠그물 둘

  하이네는 매독으로 죽으며 이렇게 말했다. "하느님은 날 용서하실 거야. 그게 그분 전문이거든." 암, 용서하고 말고. 매주 그분은 알고 지은 죄, 모르고 지은 죄를 바겐세일로 용서하시잖아? 몇 마디 관용구로 용서되는 죄보다 무서운 건 그걸로 용서받는 죄인이에요. 싱싱하게 퍼덕이며 그들은 죄의 바다로 돌아가죠.

¹⁶ 미국의 어부 이야기

　미국 작가 조 굴드는 30년 동안 그리니치빌리지의 바와 카페를 드나들며 기부금으로 살았다. 대작 『우리 시대의 구전 역사An Oral History of Our Time』를 집필하는 데 전념하느라 생활을 협찬받은 것이다. 그는 이 원고의 일부가 담긴 두 권의 공책을 가방에 넣어다니며, 이 대작이 『잃어버린 시간을 찾아서』와 『율리시스』의 반열에 오를 것이라 장담했다. 그가 죽은 후 사람들은 이 원고를 삳샅이 찾았으나 남은 건 그 두 권의 공책뿐이었다. 그는 제대로 사람들을 낚시질한 셈이었지. 놓친 월척이 가장 큰 법이다. 그는 대작을 무덤에 넣은 게 아니라 머릿속에 넣어가지고 갔다.

17 러시아의 어부 이야기

  푸시킨, 톨스토이, 도스토예프스키의 시대에 러시아
문맹률은 90퍼센트였다고. 그들은 미래의 책을 썼던 셈
이지. 지금 와서야 우리는 그들이 던진 그물 속으로 기꺼
이 들어간다.

18 망상해수욕장에서

"이상하다. 이 해변은 그대와 와본 적이 있어. 난 전생
에도 그대에게 분명 사로잡힌 걸 거야."

¹⁹ 르네상스식 연애에 대하여

원근법은 풍경을 그물질하는 과정에서 발견되었다. 풍경 앞에 격자를 세우고, 그 격자를 화폭에 옮겨담으면 멀고 가까운 대상이 그 거리를 품은 채 화면 위에 정렬된다. 모든 그물은 그런 거리를 품고 있지. 그이를 잡고 싶다고, 당신도 일부러 밀고 당기고 하잖아?

흑백논리식 연애에 대하여

바둑에는 아홉 군데 화점이 있으니, 이 아홉 곳이야말로 모든 지역을 관할하는 중심지다. 흑돌과 백돌이 그런 주요 그물코들을 중심으로 전투를 시작하지. 당기면 전체가 딸려올라오는 지점이 바로 이런 곳이라고, 당신도 어느새 내 맥점을 짚고 서 있잖아?

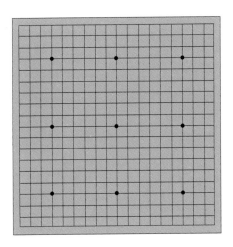

21 그레고리오성가식 연애에 대하여

중세의 악보는 오선지가 아니라 사선지 위에 그려졌다. 커다란 네모꼴 흘림체로 그려진 이 음표를 네우마neuma 라 부른다. 중세에는 마디를 구분하는 세로줄도 없고 음의 길이나 강약을 지정하는 표시도 없었지. 그러니 그때에는 각각의 음이 아니라 그 음들이 움직이는 동선 곧, 멜로디만이 중요했던 거야. 사랑도 그렇지. 그건 악보의 강물에서 그물질한 생선이 아니라, 그 생선이 지나간 길이거든. 사랑이란 감정은 낱낱의 실체가 아니라 그것들의 연속과 고저로 이루어진 거니까.

인 형

"사랑해요I love you"란 고
백은 실은 "당신이 날 사랑
하게 만들었어요You made
me love you"란 고백의 줄
임말이다. 나는 인형. 당
신은 인형술사.

_____

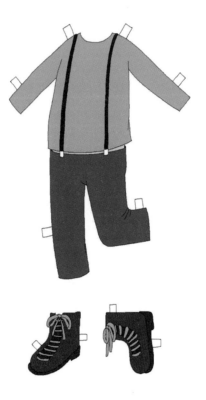

¹ 종이 인형들의 세계

　"오늘은 놀아주는 사람1과/ 놀아주는 사람2가 왔다 간
다."(하재연) 인형 주인이란 인형이 심심할 때 놀아주는
사람이야. 수동성을 능동성으로 바꿀 때 우리는 종이 인
형이 되지. 그녀가 나를 찼다구? 그럴 줄 알았다니까. 내
가 그녀를 차게 만들었다니까.

² 브라우니와 함께, 사모님과 함께

　　그릇 기器는 여러 입이 개고기를 뜯어먹는 형상이다. 이정록 시인은 이걸 네 식구를 지키며 사는 개라고 읽었지. 관점만 바꾸었는데 불행이 행복으로 변했다. 기器는 스위트홈이야. 정여사, 따님, 아드님, 부군, 브라우니가 한데 모여 사는 행복한 그릇이야.

3 잔인한 마리오네트

2004년 스리랑카를 덮친 쓰나미. 20분 만에 4만 명을 죽이고 해안선 4분의 3을 날려버렸다. 폐허를 사들인 건 개발업자들. 그 자리에 민간 공항, 민자 고속도로, 관광단지를 지었다. 개발계획을 반대한 원주민들을 쓰나미가 몰아낸 셈이다. 인형술사의 이름은 자본, 인형의 이름은 쓰나미. 자본이 자연을 부린 거다.

⁴ 다정한 마리오네트

　"사랑해요"I love you란 고백은 실은 "당신이 날 사랑하게 만들었어요"You made me love you란 고백의 줄임말이다. 나는 인형이 되면서 내 사랑의 대상을 인형술사로 만들지. 나는 어쩔 수 없이 당신을 사랑하지.

5 슬픈 마리오네트

　고대 그리스인들은 결핵을 소모병Phthisis이라 불렀다. 육체를 무자비하게 깎아먹는 질병이었기 때문. 일본에선 결핵의 원인이 상사병이라 여겼다. 파리한 몸과 창백한 낯빛이 상사의 증상과 비슷했기 때문. 결론은…… 짝사랑이야말로 몸과 마음을 깎아먹는다는 깃. 운명이 그를 잔인하게 쓰다듬다가 끝내버린다는 것.

6 백로 노는 곳에 까마귀야, 가지 마라

신대륙 원주민들에게 병원균이 없었던 이유는 세 가지다. 첫째, 빙하기 때 베링해협을 건너는 동안 추운 날씨에 구대륙에서 따라갔던 병원균들이 죽었다. 둘째, 가축을 기르지 않아서 가축에서 인간으로 옮아올 균이 별로 없었다. 셋째, 목욕을 자주 해서 청결했다. 1521년 코르테스가 3백 명의 병사만으로 대제국 아스텍을 멸망시킬 수 있었던 것은 원주민들이 너무 깨끗해서였다. 구대류인들이 몸안에 담아온 천연두가 신대륙을 휩쓸었던 것. 멕시코에서만 3천만 명이 50년 만에 3백만 명으로 줄었다고 한다. 구대류인들은 더러워서 이겼지. 백로 노는 곳에 까마귀가 찾아갔지. 백로는 훨훨 날아 지구 밖으로 떠났네. 에이, 저 시꺼먼 인형들과는 못 놀겠네, 하면서.

7 신들의 소꿉장난 A

　한때 아이티는 노다지 그 자체였다. 영국이 아메리카의 13개 주 식민지에서 거둬들이는 세금보다 아이티의 사탕수수 농장이 프랑스에 가져다주는 수입이 훨씬 많았다. 프랑스 혁명이 일어나자 아이티에도 '자유, 평등, 박애'의 사상이 물밀듯 스며들었다. 노예들의 숫자가 백인 농장주의 15배에 이르자, 마침내 반란이 일어났다. 1794년 혁명정부는 노예제도를 폐지했으나, 1802년 프랑스의 나폴레옹 보나파르트 황제가 아이티를 재점령하려고 시도했다. 5만 명의 프랑스군이 15만 명의 노예를 죽였으나, 그들도 황열병으로 몰사했다. 황열병은 아프리카 풍토병이어서 노예들에게는 그다지 영향을 미치지 않았다. 고열, 황달, 구토로 죽어나가는 프랑스인들은 그 병에 멀쩡한 노예들이 사신死神으로 보였을 것이다. 수만의 장기 말을 게임으로 주고받은 잔인한 신들의 소꿉장난이었다.

8 신들의 소꿉장난 B

프랑스 군인들은 아이티 해방 노예들의 검은 군대가 접근했을 때, 그들이 내는 웅얼거리는 소리를 들었다. 처음에는 미개한 종족의 전투 노래라고 생각했으나, "가까이 다가가면서 군인들은 아이티인들이 '라 마르세예즈 La Marseillaise'를 부르고 있음을 깨달았고, 자신들이 엉뚱한 상대를 놓고 싸우고 있는 게 아닌지 깊이 의심하기 시작했다."(지젝, 『처음에는 비극으로 다음에는 희극으로』) 주술사들의 더러운 인형들이 자신들의 애국가를 부르며 움직이는 것을 보는 공포, 인형들이 우리보다 더 애국적이라는 걸 깨달았을 때의 그 공포! 수만의 장기 말을 게임으로 주고받은 저 잔인한 신은 프랑스 말밖에 몰랐던 것이 분명하다.

⁹ 신들의 소꿉장난 C

"내가 창밖의 거리를 지나가는 사람을 보고 있다고 하자. 이때 밀랍의 경우와 마찬가지로 습관적으로 나는 사람들을 보고 있다고 말한다. 그렇지만 내가 지금 보고 있는 것은 단지 모자와 옷이며, 이 속에 어쩌면 자동기계가 숨겨져 있을 수도 있다."(데카르트) 창밖의 저이들이 모두 자동인형이라니, 신은 어째서 나 혼자만 세상에 살라고 던져놓은 것일까? 그것도 프랑스어로.

¹⁰ 신들의 소꿉장난 D

　대홍수 이후에 하느님은 인간을 다시는 물로 벌하지 않겠다고 약속하고는, 그 징표로 무지개를 띄웠지.(창세기 9장 12~15절) 그런데 무지개가 일곱 색깔인 이유는 서양 음계 수와 맞추기 위해서야. 동양에서 무지개가 오색 무지개라 불리는 것도 같은 이유지. 그러니까 서양 무지개는 도레미파솔라시로 뜨고 동양 무지개는 궁상각치우로 뜨지. 배경음악까지 있는 잔인하고 화려한 소꿉장난이었지.

신들의 소꿉장난 E

중세에 마녀사냥이 그토록 기승을 부린 것은 종교재
판소가 기능하기 위해서였다. 자신들을 제외한 모든 이
들을 이단이라고 척결하고 나자, 새로운 희생자를 찾아
나선 것. 광기의 뒤에는 권력이 있다. 요즘은 그런 종교
재판의 이름을 '종북'이라고 한다지?

12 칸트의 소꿉장난

칸트는 신의 현존을 요청했지만 끝내 자신이 신의 자리에서 말했다는 것을 몰랐다. 인간이 신을 부린 대단한 놀이였다. 유한자의 바깥을 상상할 수 있는 자는 아무도 없었는데, 그는 그것을 해냈지. 그것도 유한자의 것을 대출해서. 주님, 이자는 복리입니다.

¹³ 아들의 소꿉장난

　"난 아빠처럼 안 살아!"하고 대드는 아들의 항변 속에
는 아버지의 삶에 대한 매혹이 있다.

¹⁴ 아이들이 소꿉장난을 좋아하는 이유

우리는 모두 여자로 태어난다. 8주가 지난 뒤에야 Y염
색체가 테스토스테론을 분비하라는 신호를 보낸다. 그
다음에야 남성이 되는 거다. 지구에 도착한 처음 두 달
동안 우리 모두는 여성이었던 거다.

인형 : 453

15 아이들이 인형에 쉽게 싫증을 느끼는 이유

　어떤 고통도 느끼지 못하는 무통증환자들은 몸이 고장난 걸 모르기 때문에 몸을 함부로 써서 평균수명이 무척 짧다. 제 몸을 인형으로 대할 수밖에 없는 이들의 슬픔이란, 그렇게 시효가 있는 것이다.

16 인형과 견인차

저주 주술에는 인형이 곧잘 쓰였지. 미워하는 자의 인형을 바늘로 찌르거나 묻거나 불태우면, 그 당사자에게도 같은 상해가 미칠 거라는 생각이었지. 관건은 그이를 데려다가 그 인형 안에 집어넣는 것이었을 텐데, 저주보다 그 견인이 더 어려웠을 거야. 멱살을 잡을 수도 없고.

17 인형과 뺑소니차

인도 문다리어Mundari에서 'rawadawa'라는 단어는 '목격자가 없으니 무언가 못된 짓을 하고서도 빠져나갈 수 있다고 생각하는 느낌'을 뜻한다. '목격자를 찾습니다' 플래카드에 출연한 뺑소니 운전자들이 꼭 그럴 거야. 야, 이 라와다와를 가진 인간아! 거기엔 이런 말도 따라붙지. 네가 인간이냐?

배꼽이 무슨 절취선도 아닌데

바비인형이 사람 크기라면 신체 사이즈는 39-19-33이 된다고 한다. 허리 부러지겠다. 요통이나 디스크는 기본이겠다. 배꼽이 무슨 절취선도 아니고 말이야.

¹⁹ 시선이 무슨 줄도 아닌데

"시선은 인간의 찌꺼기이다."(벤야민) 제 모든 걸 시선
에 걸어본 자만이 이 말의 간절함을 알 것이다. 그럴 때
에야 너는 마리오네트처럼 내 시선에 걸린다.

생각하는 연필
ⓒ 권혁웅 2014

초판 1쇄 인쇄 2014년 11월 3일
초판 1쇄 발행 2014년 11월 10일

지은이 권혁웅
펴낸이 강병선
편집인 김민정
디자인 한혜진
마케팅 정민호 나해진 이동엽 김철민
온라인마케팅 김희숙 김상만 한수진 이천희
제작 강신은 김동욱 임현식
제작처 영신사
펴낸곳 (주)문학동네
임프린트 난다
출판등록 1993년 10월 22일 제406-2003-000045호
주소 413-120 경기도 파주시 회동길 210
전자우편 blackinana@naver.com **트위터** @blackinana
문의전화 031-955-2656(편집) 031-955-8890(마케팅) 031-955-8855(팩스)
문학동네카페 http://cafe.naver.com/mhdn

ISBN 978-89-546-2630-9 03810

www.munhak.com